文春文庫

朝比奈凜之助捕物暦

死人の口

千野隆司

文藝春秋

目次

朝比奈凜之助捕物暦

死人の口

前章　槌音響く中

一

　まだ片付けきれない焼け跡が、目の前に広がっている。四日続きの雨が止んで、ようやく梅雨の晴れ間となった。強い日差しが町を照らして、微《かす》かに焦げた材木のにおいがまだどこかに残っていた。

　道の水溜まりに、青い空が映っている。

　すでに建物ができて、商いを始めている店もあった。しかしそれは多くはない。その中には、古材木で建てられたものが目につく。小屋のようなものを自力で建てて、商いを始めた者もいた。

　とはいえ家が建ち始めていて、槌音《つちおと》が響いている。この数日、雨で仕事がはかどらなかった。大工職人にしてみたら、久しぶりの晴れ間だから、仕事を進めなくてはならないところだろう。

南町奉行所《みなみまちぶぎょうしょ》の定町廻り《じょうまちまわ》同心《どうしん》朝比奈《あさひな》凜之助《りんのすけ》は、自らの町廻り区域ではない湯島《ゆしま》と本郷《ほんごう》界隈を歩いていた。道の水溜まりを避けてゆく。

三月前の二月中旬、湯島から出た火が本郷一帯までを焼いた。多数の死傷者を出した。火災があって日を置かず復興が始まったが、これを機に江戸の材木を始めとして、もろもろの物品の値が上がった。

被災しなかった者でも、暮らしにくくなったと訴えた。

凜之助は火災の跡がどうなったか、町廻りのついでに足を伸ばして様子を見にやって来たのである。材木の値が跳ね上がり、復興の足かせになったと聞いていた。

食うや食わずの裏店《うらだな》暮らしの者は、満足な住まいもない。食い逃げやかっぱらいなどが毎日のようにあって、強請《ゆすり》やたかり、強奪といった物騒な出来事も起るようになった。

そこで公儀は、四月一日付で材木について前日まで以上の高値をつけることを禁じる触《ふれ》を出した。木材の値上がりを防げば、他のものの値も安定するだろうとの判断があってのことだ。

五月も十七日になった。触のせいで材木の値上がりはなくなったが、一気に品不足となった。値上げができなくなって、材木問屋は売り惜しみをしたのである。それでは新築の建物は増えない。

復興の勢いは削《そ》がれた。

そして触を破る者が現れた。高値で大工の棟梁《とうりょう》に売りつけたのである。金のある施主は、裏金を出しても新材で建てることを望んだ。

あからさまな触を破る行為を、町奉行所はそのままにしない。不正を行う商人として、捕らえられる材木問屋が現れた。

主人は手鎖《てぐさり》刑で、店は百日の戸閉《とじめ》となった。

「どうだ。材木屋は、新材を卸すようになったか」

凜之助は、古材で店舗を建てている大工に問いかけた。

「少しずつ出てきましたけどね、まだまだです。しばらくじっとしていたら、お触のことなど忘れちまうんじゃねえかと、材木問屋は高をくくっているんじゃねえですかね」

いかにも不満そうな口ぶりだ。新材を使う方が、儲けも大きいと漏らした。

さらに凜之助は歩いて行く。少ないとはいえ、新材による家は建っていた。

「材木も、あるところにはあるのだな」

表通りで、大店《おおだな》の新築を手掛ける棟梁に声をかけた。歳は四十代後半か。背中に蔵《くら》八《はち》という文字を染め抜いた袢纏《はんてん》を身に着けていた。

「ええ。お触が出る前に、仕入れていましたのでね」

屈託のない口調だ。

「売り惜しみをしないところもあるわけだな」

「まあ、そうですね」

具体的に、どこの店かは訊かなかった。材木屋とじかに関わる棟梁なら、答えにくい問いかけだろう。

やや離れたところで、古材木で建てている棟梁がいたので、そちらにも問いかけをした。

「新材でやりたいですよ。でも出てこなくちゃあ、どうしようもねえでしょう」

「しかし、建てているところもあるぞ」

「そりゃあ、裏で銭を出して買い入れているんじゃねえですかい」

あっさりと口にした。すべてとは言わないが、そういうところもあると続けた。触が出ている以上、高値の取引をしたのなら不正な商売となる。

「それは、どこか」

「触が出る前に仕入れていたところもあるでしょうから、何ともいえませんね」

「思い当たるところが、あるのではないか」

「さあ、噂ですから」

見当のつく材木屋はあるらしいが、具体的な屋号は口にしなかった。材木屋と棟梁が組んで、施主に高値を吹っかける。ありそうな話だ。

「金持ちの施主ならば、苦情は言わないということだな」

そこで棟梁ではなく、下っ端の若い職人に問いかけた。

「こんなときに、材木を出すのはどこの問屋か」

知っていれば答えると思った。

「はっきりはしねえが、深川仙台堀南河岸《ふかがわせんだいぼりみなみがし》の峰崎屋《みねさきや》というのは、耳にしますがね。あそこの蔵八のところもそうだと聞いたことがあります」

新材を扱う建物に目をやった。

「そうか、峰崎屋か」

凜之助の胸が、その屋号を耳にしてざわついた。凜之助にとって、朝比奈家にとって、忘れられない屋号だからだ。

二年半前、将軍家の菩提寺《ぼだいじ》の一つである伝通院《でんづういん》の本堂修復に際して、材木納入に関する不正疑惑が起こった。当初材木の納入は、入札制によるもので、臼杵屋《うすきや》と峰崎屋他が名乗りを上げていた。峰崎屋や臼杵屋は新興の材木問屋で、これから商いを伸ばしてゆく足掛かりにしたいと考えていた。

伝通院改築の中で材木の納入ができれば信用もつき、今後の商いは格段にやりやすくなる。だから峰崎屋にしても臼杵屋にしても、受注には店の命運をかけていたと今になっては考える。

他にも入札に声を上げた店はあったが、思いは同じはずだった。

落札したのは峰崎屋だが、そこに不正があった。凜之助はそう受け取っていた。

臼杵屋は町奉行と寺社奉行に訴えたが、受け入れられなかった。決め手となる物証や証人がなかった。

その頃、見習い同心として出仕していた鉄之助《てつのすけ》は、伝通院の材木入札についての不正を洗う役目に就いていた。定町廻り同心として、父の松之助《まつのすけ》に劣らないやり手だという評判があった。

しかし探索の最中、鉄之助は事故に遭ったとして亡くなった。

三つ歳上の兄である。可愛がってもらった。

「凜之助、かかってこい」

相撲や剣術でも、相手にしてくれた。いつでもかなわなかった。しかし体をぶつけ合う遊びの後は、井戸端で水を浴びた。

それは楽しかった。二人で食べた、冷やした瓜《うり》はうまかった。


倒れた材木の下敷きになって亡くなったと聞かされた時、それは事故に見せかけた殺害だと考えた。

場所は臼杵屋だったが、何故そこに行ったのかは分からない。

当時まだ現職だった父松之助が、調べに当たった。怪しげな者として峰崎屋と当時作事《さくじ》奉行だった神尾《かみお》陣内《じんない》が浮かんだが、関与の確証は得られなかった。

松之助は鏡新明智流《きょうしんめいいち》桃井《もものい》道場で剣術を学び、免許皆伝の腕前を持っていた。難事件であっても、ときには手荒に、ときには情で落として解決に導いてきた。自白を導き出す手腕は、南町奉行所では右に出る者はないと言われた。

江戸の地回りや破落戸《ごろつき》は、名を聞いただけで恐れをなした。

鉄之助死亡に至る伝通院の入札に関する調べについては、力を尽くした。しかし与《よ》力《り》飯《き》嶋《いいじま》利《り》八郎《はちろう》から、その件には関わるなと告げられた。町奉行永田《ながた》但馬守《たじまのかみ》の名を挙げた上での指図だった。

松之助はそれを限りに隠居をして、次男の凜之助に家督を譲った。

それについて、何かを口にしたわけではなかった。町奉行所に失望したのだと、凜之助は察した。

松之助の本音は、分からない。代々定町廻り同心として過ごしてきた朝比奈家を、潰すわけにはいかないと考えたのかもしれない。

「家督は、凜之助に譲る」

と言っただけだった。祖母の朋《とも》も母の文《ふみ》も、異を唱えたわけではなかった。

そして松之助は、好きだった鳥籠《とりかご》造りに精を出した。もともと手先は器用で、玄人《くろうと》として通用する細工をした。高値で売れるらしかった。

兄の死から二年半が経った今、売り惜しみをする材木屋の中で、峰崎屋が気前よく売っているという話には、違和感があった。しかしまだ噂でしかない。

将軍家ゆかりの伝通院の改築に際して、材木を納めたという実績は大きい。大工棟梁たちの見る目が変わった。

以後峰崎屋の商いは順調に栄えていて、やっかむ者が出るほどだった。

二

翌日からまた雨が降って、蒸し暑い日となった。歩いているだけでじわっと汗が滲み出てくる。凜之助は、何度も額や首筋を擦《こす》った。歩くのが仕事だ。ただ道端の紫陽花《あじさい》や梔子《くちなし》が濡れて鮮やかに見えるのには、気持ちが休まった。

三日目の朝も、目覚めたときには微かな雨音がした。凜之助は、茶の間で父の松之助と朝食をとっていた。給仕は母の文ゑがした。

仏壇には、亡くなった兄鉄之助の位牌《いはい》も先祖の者に加えられて、線香の煙が上がっている。

祖母の朋は、自室で朝食をとった。朝比奈家には、他に女中の妙《たえ》や下男の作造《さくぞう》という老人がいる。

鉄之助と凜之助の間には、姉由喜江《ゆきえ》がいたが嫁いでいた。凜之助と同じ南町奉行所で定町廻り同心をしている忍谷《しのや》郁三郎《いくさぶろう》との間に、すでに三歳になる花《はな》という娘がいた。

朋と文ゑは、用事以外の言葉は交わさない。初めは互いに近寄ろうとしたが、できなかったと聞く。

朋の食事は、飯や汁は文ゑが妙に命じて作らせたが、菜は朋が自ら用意して文ゑは一切関わらない。

「二羽の牝鶏《めんどり》は、一つの家に住めないのか」

そんなことを考えた。

文ゑは京橋《きょうばし》の大店の繰綿《くりわた》問屋の娘に生まれたが、縁者の紹介があって朝比奈家に嫁いできた。松之助とは若い頃は相愛だったと聞くが、今ではすっかり尻に敷いてしまった。

賢くてしっかり者だが、町人気質《かたぎ》が抜けない。よく言えば気さくだが、朋はそれが軽いお調子者に感じるらしかった。

裁縫が得意で、赤糸で白無垢《しろむく》を縫っても赤を見せない腕前だ。屋敷内で、町娘を集めて裁縫を教えていた。

家計が苦しかった時に、百両の持参金を持って嫁に来た。定町廻り同心の家はおおむね豊かだが、先代や先々代が病がちで、そのときは借金があった。

朋は根っからの武家育ちで、父親は北町《きたまち》奉行所で与力を務めていた。気の強い厳格な性格で、文ゑとは初めから相性が悪かった。

松之助と文ゑとの祝言《しゅうげん》は、本心としては気に入らなかったらしいが、内証の事情で断れなかった。不満がありながらも暮らしを始めた。だから初めは厳しく当たった。初めは耐えていた文ゑだが、どこかで「もういい」と腹を括《くく》る出来事があったらしい。互いに関わらないようになった。

それぞれ裁縫と書の師匠で、相応の稼ぎがあった。どちらも金の面では困っていない。

松之助は鬼同心として悪党どもに怖れられた。しかし家の中では、朋と文ゑとの確執には一切かまわなかった。

どちらの敵にもならないが、味方にもならなかった。

朋も文ゑも、それには不満を持っている。当てにならないから、今ではいない者として扱うようになった。

一応主人として立てられていたが、家の中での松之助は、顔色がない。

とはいえ松之助は、外へ出れば有能な定町廻り同心で、町奉行所の与力や同心、町の者からは、一目置かれる存在だった。

「睨まれると、震えが出るぜ」

と強面《こわもて》のやくざ者が言った。

充分な証拠がなくても、責めて白状させてしまう。冤罪《えんざい》を防ぐために、絶対の確信がないときは手加減もした。

隠居の身となった今は、鳥籠造りに没頭している。もともと手先は器用だった。

「おお、これは」

出来上がった鳥籠を見ると、感嘆の声が出る。素人が暇潰しにやる仕事ではなかった。丁寧な仕事で見事な出来上がりだ。

いくらかと尋ねたことはないが、高額で売れるらしい。

鳥籠造りの手を休めて、たまに外出はする。何をしに行くのかは告げないが、朋と文ゑは何をしていようと相手にしない。

一方、凜之助が今頭を痛めているのは、嫁取りの問題だった。

「そなたも、そろそろ嫁を取らねばならぬな」

朋と文ゑの両方から告げられる。二人が話し合ってのことではなかった。それぞれが、勝手に言ってくる。朋からは網原三雪《あみはらみゆき》という娘を、文ゑからはお麓《ろく》なる娘を嫁にするようにと薦められていた。

三雪は小石川養生所《こいしかわようじょうしょ》同心網原善八郎《ぜんぱちろう》の娘で、朋のもとへ書を習いに来ている。朋のお気に入りだ。物静かで口数も少ないがしっかり者で、養生所へよく看護の手伝いに行っていた。

お麓は日比谷町《ひびやちょう》の質屋三河屋《みかわや》清七《せいしち》の娘で、文ゑのもとに裁縫を習いに来ている。明るく気さくだが、落ち着かないところもある。しかし文ゑからは可愛がられていた。

食事を済ませた凜之助は、町奉行所へ出かけようとする。

「たいへんです」

そのとき女中の妙が、声をかけてきた。

「大御新造《ごしんぞ》さまの様子が」

慌てた口ぶりは珍しい。すぐに文ゑや凜之助、松之助が朋の部屋へ駆け付けた。

「これは」

唇や手、足が青白くなり、意識がない。額や首筋に汗をかいていた。痛みがあるのか顔が歪んで、わずかに呻《うめ》き声を上げていた。

今にも潰れそうな、華奢《きゃしゃ》な体に見えた。

「医者を呼べ」

松之助が、作造に命じた。

「へえ」

作造が屋敷を飛び出した。

食事を始めたが、食が進まない。様子がいつもと違うので、妙は気を配っていたとか。

朋はこれまで病などしない丈夫な体をしていたが、七十二歳という高齢だった。何があってもおかしくはない。つねならば、文ゑの方が病弱だった。

凜之助も、だいぶ慌てた。不仲な文ゑだが、さすがに驚き案じている様子だった。

駆けつけてきた医者が、手当てを始めた。

凜之助は朋の容態が気になったが、定町廻り同心としての役目がある。後は任せて屋敷を出た。

この日は、書の稽古の日だった。文ゑの裁縫の稽古とは重ならないように、交互にやっていた。

当分稽古はできそうもないので、弟子の三雪の屋敷に立ち寄って伝えておくことにした。三雪に話しておけば、他の弟子に伝わる。

「それはいけませんね」

話を聞いた三雪は、顔を曇らせた。前から、具合が悪そうな気配はなかったと付け足した。

「そうであろう」

凛之助は気にもしていなかったが、前触れがあれば事前に医者に見せたはずだった。

「お見舞いに伺わせていただきます。手伝えることがあるならば、やらせていただきたく存じます」

三雪は小石川養生所へ手伝いに行っているから看護には慣れている。

「かたじけない」

そう伝えて、凛之助は網原屋敷を出た。

第一章　料理屋の客

一

朋の容態を案じながら、凜之助は数寄屋橋御門《すきやばしごもん》内の南町奉行所の建物に入った。廊下を歩いていると、向こうから年番方《ねんばんかた》与力の飯嶋利八郎が歩いて来た。廊下の隅によって、こちらから頭を下げた。

年番方は、奉行所全般の取締りを行う。古参有能の者が務めた。町奉行の相談役という立場もあったから、与力の中でも上に立つ地位といってよかった。

「うむ」

いかにも尊大な態度で、飯嶋は答礼をした。もともと凜之助や義兄の忍谷との関係は良くなかった。

冷ややかな対応だが、仕方がないと思っていた。ご機嫌取りはしない。

凜之助は、見習い同心として出仕していた兄鉄之助を、探索の過程で亡くした。鉄之助は、二年半前にあった、無量山寿経寺伝通院《むりようさんじゆきようじ》の改築に当たって、その材木納入に関する入札で不正があったと見てその調べに当たっていた。その最中、立てかけられていた材木が倒れて、鉄之助はその下敷きになった。

町奉行所ではそれを事故と見做《みな》したが、松之助は鉄之助を殺害するための企みだと判断した。

松之助はその調べに力を尽くしていたが、飯嶋は、調べを止めるように命じた。それを不満とした松之助は隠居して、家督を凜之助に譲った。

調べを止めさせたのには、必ず裏にわけがある。凜之助は出仕した当初から、飯嶋には不審の目を向けていた。

年番方与力とはうまくいっていなくとも、定町廻り同心の役目はきっちり果たした。かっぱらいや若い衆の喧嘩など、小さな悶着《もんちやく》がこの日もあった。

雨の中で町廻りを済ました凜之助は、南町奉行所へ戻った。同心詰所へ顔を出すと、忍谷郁三郎がいて近づいてきた。

「雨の日の町廻りは、鬱陶《うつとう》しいぜ」

やる気がない忍谷は、できるだけ楽をしようとする。

凜之助は南八丁堀《みなみはっちょうぼり》の鏡新明智流桃井道場で剣術の修行をしたが、鉄之助と忍谷は、その兄弟子といった立場だった。どちらも優れた腕前で、指導を受けた。その後忍谷は姉由喜江と祝言を挙げたので、義兄という間柄にもなった。

頭が上がらない相手であり、たまに面倒な役目を押しつけられる。

伝通院の不正と鉄之助の死については、関心があるように見えるが、それについて話すことはめったになかった。

「ちと話がある」

詰所から出て、人気のない建物の裏手へ行った。こういうとき、忍谷は厄介な仕事を押し付けてくる。凜之助は警戒した。

「今少し前に、耳にしたばかりのことだが」

目を光らせた。無気力な忍谷には珍しい。

「何でしょう」

凜之助は次の言葉を待った。

「神尾陣内だがな、あやつ京都町奉行の任を終えて、近く江戸へ戻ってくるようだ」

「ほう」

これは仰天だった。江戸を発ってほぼ二年になる。

神尾陣内は、家禄二千五百石の旗本である。二年半前までは二千石で、伝通院の改築の折には作事奉行を務めていた。不正の元凶と見ていた者である。

伝通院の改築が済むと五百石の加増があり、京都町奉行として赴任をしていた。出世をしたのである。伝通院の改築を、無事に成し遂げたとの評価があってのことだ。

もともと神尾は猟官《りょうかん》運動には、怠りない者だった。要所に進物をし、饗応《きょうおう》をしているという噂があった。

その資金はどこから出ているのか、怪しいと見ていた。

「またしても、御栄転らしい」

忍谷は忌々しそうに言った。

「新しいお役目も、分かっているのですか」

「それだがな」

厳しい目になって周囲を見回してから続けた。

「どうやら南町奉行らしい」

「まさか」

凛之助は、腰を抜かしそうになった。

「あやつが上司になったら、どうなるか」

忍谷は腹立たしそうな顔をした。怒りも、気持ちの奥にありそうだ。

「私らを、追い払いたいでしょうね」

真っ先にそれが頭に浮かんだ。神尾陣内は、二年半前の伝通院改築に際して、材木の仕入れに関して決定をする権限を持っていた。入札という形は取っていたが、実施したのは神尾だ。

その材木納入の権利を落札したのは、深川仙台堀南河岸冬木町《ふゆきちょう》の材木問屋峰崎屋だった。神尾と峰崎屋の間に、不正の嫌疑があった。

「落札の前日までに、材木の納品をしたい問屋は、入札額を記した書類を封印し作事奉行に提出したのでしたね。一晩は、作事奉行所内の錠前のかかった蔵に納められた」

状況を思い出しながら、凜之助は口にした。事件の直後、忍谷から聞いた。あのときは忍谷も出仕していたので、状況を知ることができた。

「そうだ。鍵は二本だけで、奉行と番小屋に出入りできる者ならば誰もが目にする場所にかけられていた」

「持ち出せば、すぐに分かるようになっていたわけですね」

入札を申し入れたのは、峰崎屋の他に日本橋本材木町《にほんばしほんざいもくちよう》の材木問屋臼杵屋、さらに二軒の店だった。

「夜半、鍵を開け臼杵屋の入札額を検《あらた》め、峰崎屋の空欄にしていた入札額を書き入れることは、奉行や一部の作事方にはできた」

「文字通り、鍵を握っていたわけですからね」

「そうだ。峰崎屋は臼杵屋の入札額を探っていたし、神尾家に近づこうとしていた。鉄之助はそのあたりは調べ上げていたぞ」

「神尾と組んだ峰崎屋は、猟官のための費《ついえ》を与えたわけですね」

「そういう流れだろう」

とはいえ、不正を明らかにすることはできなかった。証拠が挙がっていれば、捕えることができた。

「おそらく鉄之助は、その証拠を摑んだか、その寸前のところまで行っていたのではないか」

「それで命を、奪われたわけですね」

峰崎屋がつけた入札額は、臼杵屋が付けた額よりも、微妙に少なかっただけだ。他の店はそれなりの額をつけていた。

実質的には、峰崎屋と臼杵屋の受注争いだった。

不審に思った臼杵屋は寺社方と町方に訴えたが、どこからも相手にされなかった。そこで見習い同心だった朝比奈鉄之助に調べを依頼した。正義感のある鉄之助は念入りな探索を行った。

殺《や》ったのは神尾家の用人廣田文兵衛《ひろたぶんべえ》の倅君次郎《せがれきみじろう》だとの見当はついているが、はっきりしない。

「その一件で、鉄之助は亡くなったのだからなあ」

忍谷は大きなため息を吐《つ》いた。鉄之助は歳が同じで、昵懇《じっこん》の間柄だった。由喜江が忍谷家に嫁いだのもその縁があったからだ。忍谷には、自分なりの鉄之助への濃い思いがあるらしかった。

「義父上《おちちうえ》が、ご隠居をなされたのも、その調べの中でのことだからな」

「はあ」

直に松之助から詳細を聞いたわけではなかった。聞けない雰囲気があった。

「今の奉行永田但馬守様のお言葉があったからだ」

「お奉行様直々ですか」

これも仰天だった。

「そうではない。与力の飯嶋が、わざわざ名を挙げたそうだ」

奉行の命といった言い方をしたのである。

「どのような」

「早い話が、手を引けということだ」

これは初めて耳にする話だった。

「まことに」

奉行の名を挙げられたら、さしもの義父上様でもどうにもなるまいと言い足した。

忍谷は、松之助から聞いたらしい。

「そうでしたか」

自分は聞かなかった。そこに恨めしさがあった。松之助から、半人前扱いをされたような気持ちだ。

とはいえ、まだ己が一人前の定町廻り同心として役に立っているとは感じていなかった。修業中の身だという気持ちだ。

それでも収まらない思いがあった。

「どうしてそれを、これまで話してくださらなかったのですか」

「言ってどうなる。義父様もそれで、手を引かれたのだぞ」

「それはそうですが」

忍谷はここで、怒りのこもった厳しい眼差しになった。

「しかしな。神尾が町奉行になって戻って来るとなると、事情が変わる。やつらはおれたちを潰しにかかってくる」

「我らが不審を持ち続けているからですね」

「そうだ。飯嶋は、おれやおまえを見張っている」

言われてみれば得心がいった。飯嶋はいつも冷ややかな目を、こちらに向けていた。

「あやつは敵だ」

忍谷は言った。飯嶋は、神尾や峰崎屋とつるんでいるという見込みだ。本来与力は、奉行の名を勝手に使うわけにはいかない。永田は、飯嶋が名を挙げて松之助に命じることを許したことになる。

そもそも町奉行職は、旗本が出世をする過程の一つの段階と考えられなくもなかった。就任した旗本は、長くても四、五年で次の役職に就く。一、二年の者もいた。それでは江戸の町奉行として、すべてに精通することはできない。そこで奉行は、古参の年番方与力を頼みにした。

任せておけば、滞りなく事が進む。町奉行に就任した旗本は、何事もなく任期を全うさせて、次の出世をしたいと考える。

「飯嶋は、奉行を丸め込んだのだ」

それくらいのことは、飯嶋ならするだろう。

「そこでだが、神尾が南町奉行になったら、我らはどうなると思うか」

忍谷が、改めた口調で言った。

「神尾様と飯嶋様は、峰崎屋と組んでいます」

松之助は隠居をしたが、忍谷や凜之助は奉行所に残っている。

「義父上様がご隠居なされた後、公にはしていないが、鉄之助の命を理不尽に奪われたことは忘れていない。やつらもそれは、分かっているだろう」

「そうですね」

「このまま町奉行所へ置いておいたら、何をしでかすか分からない」

「向こうにしたら、そう思うでしょうね」

「うむ。すると神尾や飯嶋はどうするか」

「邪魔者は、消したいでしょう。兄上のように」

「そういうことだ。殺してもいいが、そこまで面倒なことをしなくてもいい」

忍谷は自分で頷いてから続けた。

「おれたちは、牢屋《ろうや》同心に持って行かれる」

決めつける言い方だった。そのことを忍谷は、前にも口にしていた。牢屋同心にされたならば、定町廻り同心のように職権として不正を洗うことができなくなる。町廻りは、役目ではなくなる。

不正はなかったことになる。

「悔しいですね」

「そうだ。そんなことを、させてなるものか」

忍谷は珍しく怒りの顔で言った。このままでは、鉄之助の死が無駄になる。許せないという思いが滲み出ていた。

忍谷の胸中にある、剣友であり幼馴染である鉄之助への思いだ。

二

「そうなると、じっとしてはいられませんね」

凜之助が忍谷へ返した。

「まったくだ。辛気臭い牢屋同心などやっていられるか」

「はあ」

吐き捨てるように口にした忍谷の言葉に、凜之助は返した。役務の大切さは分かるが、それでは懸案事件の解決はできない。

「兄上は、どのような調べをおこなっていたのでしょうか」

材木が倒れて下敷きになって亡くなったのが事故でないとするなら、消したいと考えた理由があったはずだ。向こうには不都合な何かを、鉄之助は摑んでいたことになる。

「そこだがな、はっきりしたことは分からねえ」

「さようですか」

失望が、自分の顔に出たのが分かった。それがはっきりしないと、調べようがない。

「だがな、何も分かっていないわけではないぞ」

忍谷は分かっていることとして、以下のことを話した。

正義感溢れる鉄之助は、この問題を明らかにしたいと考えた。事件の半年後に、神尾は京都町奉行に出世したが、その猟官ぶりは気になるところだった。

「その豊富な資金の出先の多くは、峰崎屋ではないかと考えた」

「とすれば、神尾と峰崎屋がどう繫がったのか探ったでしょうね」

入札の前に親しくしていれば、怪しいと考える。峰崎屋や臼杵屋の他にも、名乗りを上げた店には木曾屋《きそや》と上州屋《じょうしゅうや》があったが、高値だった。

それぞれの店は、白絹三反ほどの品を持って神尾家に挨拶に行っていたが、その程度の進物ならば、賄賂にはならない範囲だった。あったとしても、それ以上のことは表向きしていなかった。

そこで鉄之助は、改めて峰崎屋の動きを探った。すると主人の勘五郎《かんごろう》が、南町奉行所与力の飯嶋を饗応していることを摑んだ。さらに密《ひそ》かに、神尾屋敷に出入りしていることも分かった。番頭の満之助《みつのすけ》をつけたのである。

ここまでは、松之助と忍谷にだけ伝えられた。

「鉄之助は、さらに飯嶋の動きを探った。ついに神尾と峰崎屋が、入札の直前に密会をしていたことを摑んだ」

「それは大きいですね」

不正を訴える状況証拠の一つにはなる。

「場所はどこですか」

「それを聞くことができなかった」

忍谷はいかにも悔しそうだ。とはいえ繁華な場所ではなさそうだと付け足した。

「目立たぬ場所を選んだのでしょう。集まった三人が神尾と飯嶋、それに峰崎屋であることは、間違いがないのですね」

「いや、確かめられてはいない」

飯嶋が、入札の段階から与《くみ》していたかどうかは不明だった。

「鉄之助が何かを摑んでいたとしても、死んでしまっていては聞き出すことができないからな」

「ええ。でも何かを摑んだのは、明らかだと存じます」

「うむ。そうであろう」

「当然父上は、兄上から調べた内容の詳細は聞いていたはずです」

「それはそうだろう。死んだその日から、調べに当たっていたからな。ただ最後の一日に得た内容については知ることができなかった」

だからこそ松之助は、とことん調べるつもりになったはずだ。倅の命が、奪われたのである。

「神尾家と峰崎屋、飯嶋との繋ぎを取っていたのは誰でしょうか」

誰でもいいというわけにはいかない。定町廻り同心に問われて、べらべら喋ってしまう者ではどうにもならない。

「神尾家の用人廣田の倅君次郎が連絡役をしていたのではないか。あるいは屋敷内に、口の堅い配下がいたかもしれぬ」

調べを進める中で、鉄之助はそれが誰かを確信したはずだ。

「ならばやつらは、兄上がすぐ近くまで迫っていることに気づいたわけですね」

「そうであろう。そして奸計《かんけい》を練った」

「材木置場に誘《おび》き出して、崩れる角材や板材の下敷きになるように仕向けたわけですね」

「なぜあの場所へ行ったかも気になるぞ」

「それにしても、おかしいですね」

これは凜之助が、前から気になっていたことだ。

「材木屋の角材や板材ですが、そう簡単に倒れるものでしょうか」

「そんなわけはねえさ」

忍谷は簡単に答えた。立てかけられた板材や角材には、転倒防止のために縄がかけられていた。

この縄はほどけたのではなく、刀で切った痕が残っていた。

「事故ではない証拠だ。目にしたのは材木職人の豊造《とよぞう》という者で、刃物で切ったものだと証言した。だがその縄は、直後現場からなくなった」

「何者かが、隠したわけですね」

「いかにも。そして豊造は、翌日には証言を翻し、縄には刀で切った痕などなかったと告げた」

「それはいかにも怪しいですね」

「脅されたか、丸め込まれたのだろう」

銭でも貰ったか。

「豊造を、調べなかったのですか」

「飯嶋の手の者が調べたさ」

忍谷は、吐き捨てるように言った。

「それでは、どうにもなりませんね」

歯痒《はがゆ》い話だ。そして数日後、材木職人豊造は江戸から姿を消した。

鉄之助の死後、この縄の切り口の話を耳にした松之助は、材木職人を捜したが、捜し切れなかった。そして奉行の名を挙げた上で、飯嶋から「これは事故である。今後調べは無用」と決めつけられた。

鉄之助を失ったことへの弔いの言葉は、形ばかりのものだったとか。これで松之助は、町奉行所に失望したと察しられた。

「奉行は事件の詳細などに関心はない。小さなことだと思っている」

失望した松之助は家督を凜之助に譲り、隠居をした。とはいっても、真相の究明をあきらめたわけではないだろうというのが忍谷の推察だった。

「神尾は京都へ発ったが、江戸の屋敷には用人の廣田父子を残していた」

「さらなる上を目指して、この二年半の間江戸で猟官に励ませたわけですね」

「そういうことだ。そして江戸へ戻り、町奉行に就く」

収まりのつかない忍谷の気持ちが伝わってきた。それは凜之助も同じだった。

三

「それにしても、どこで神尾の町奉行就任を知ったわけで」

凜之助は頭に浮かんだ疑問を、忍谷に向けた。建物の裏手の軒下にいる。雨の雫《しずく》が、目の前に落ちてきていた。

奉行所の庭には、花など植えられていない。草叢《くさむら》が雨に濡れているだけだ。

「それはな、君次郎が昨日、飯嶋を訪ねて来たからだ」

「珍しいことですね」

君次郎は二十代半ばの歳で、馬庭念流《まにわねんりゆう》の遣い手として知られている。幼子《おさなご》がいるはずだった。

雨の日の町廻りなど、さっさと切り上げたい忍谷だ。昨日は手抜きの町廻りをして、早く戻った。そこで君次郎の姿を目に止めたというのである。

「何しに来たのかと思ってな、部屋の近くまで行って聞き耳を立てたのだ」

忍谷は、そういうことを躊躇《ためら》いなくできる。

「それで知ったのですね」

「いや、声が小さくて聞き取れなかった」

万一でも気づかれたら罰せられ、牢屋同心に飛ばされるかもしれない。相当に大胆だ。

「そこでな、あやつの屋敷へ行ってみた」

神尾の屋敷は、麴町《こうじまち》三番町通りにあった。忍谷は関心のないことには投げやりだが、関心があるときは念入りだった。

近くの辻番小屋の番人や、屋敷の中間《ちゆうげん》に問いかけて、屋敷に変わったことがないか尋ねたのだという。

「尋ねた中間の話では、神尾はすでに江戸へ向かっているとのことだった」

「早いですね」

到着日までは、はっきりしない。中間では分からない話だろう。

「あやつが町奉行職に就いたら、何をするか知れたものではない」

忍谷は繰り返した。

「はい。できるだけ早くに、やつらの不正を暴き、兄上の仇《かたき》を討たねばなりませぬ」

「そういうことだ」

「しかしできるでしょうか」

松之助は奉行のことばとして、「調べは無用」と飯嶋から告げられた。

「父上は隠居となったからといって、調べをやめたとは思えませぬ」

凜之助は続けた。鳥籠造りの合間に、出かけることはあった。誰も知らない動きである。

「それはそうだ。それでも、殺害や不正の証拠を摑めなかったわけだからな」

「はあ」

難しいことは分かっている。すでに二年半という歳月が過ぎていた。

「ならば止めるか」

挑むような目だった。

「いえ、止めるわけにはいきません」

これが凜之助の本音である。忍谷も同じ気持ちだろう。忍谷にとって鉄之助は幼馴染で義兄となるが、それだけの思いではない。また町奉行所の理不尽にも腹を立てていた。

正義感ではない。己にとって大事なものを奪われ、相手は出世の道をたどっている。そのことへの怒りだ。

「どこから手を付けるかだな」

「ともあれ豊造の行方と、神尾と峰崎屋、飯嶋が密会をした料理屋を捜してみましょう」

それ以外には、探る手立ては浮かばない。

「そうだな。おまえは豊造を当たれ。おれは密会の場を捜そう」

どちらもたいへんだ。忍谷はこれまでのように、面倒な方を押しつけてきたわけではなかった。

忍谷と別れた凜之助は、早速日本橋本材木町の材木屋臼杵屋へ向かった。入札があったころの主人平右衛門《へいえもん》はすでに亡く、倅の平太郎《へいたろう》が後を継いでいた。

材木屋としては中どころの店だった。

伝通院の材木に関わる入札に加わったが、峰崎屋にかなわなかった。納入をすることで店の格を上げ繁盛させようと図ったが、うまくいかなかった。平右衛門は、峰崎屋を恨んでいた。

凜之助は店の前に立った。店の裏手には材木置場があって、鉄之助はそこで亡くなった。また材木置場の横には、木材を加工するための大きめの小屋があった。

材木を使う大工は、丸太で仕入れるわけではない。材木職人が角材や板材にしたものを仕入れる。豊造はこの小屋で仕事をしていて、材木が倒れる音を耳にして外に飛び出したのだ。

手がけた角材や板材を立てかけて置くとき、倒れることがないように充分注意する。それが倒れたわけだから、驚いたのに違いなかった。

凜之助は、加工のための小屋へ行って、中年の職人に問いかけた。

「ええ。あの出来事のことは、よく覚えていますよ」

まだ二年半ほどしかたっていない。同心が死んだのは、職人たちにとっては大事件といっていいだろう。

「豊造の行方だが」

「それならば、違う旦那が何度も調べに来ていましたね」

歳恰好を訊くと、松之助だと分かった。豊造の家族や関わりのある者について、聞き取りをしていた。臼杵屋の者だけでなく、近所の材木屋の職人にも問いかけをしていた。松之助がすることは念入りだった。

豊造について、改めて訊いた。

「歳は当時三十二歳で、仕事はよくやった。でもね、酒癖が悪くて家族に乱暴を働いた」

「困った男だな」

「まったく、あの事件があった半年ほど前に、女房のおさだは倅春吉《はるきち》を連れて長屋から逃げ出しました」

三年前のことだから、おさだは今二十九歳で、倅は八歳になるという。

「すると材木が倒れたとき、豊造は独り身だったわけだな」

「そうです。逃げた女房を捜したようですが」

「捜すくらいならば、乱暴などしなければよかったのではないか」

「堪《こら》え性がなかったってえことでしょう」

職人は容赦がなかった。

「女房子どもの行き先の見当は、つかなかったわけだな」

「思いつくところは、お調べに来た旦那に話しました」

「なるほど」

そこで豊造の顔に、何か特徴がないか訊いてみた。あれば捜す手立てになる。

「さあ、取り立ててどうということもない顔で」

将棋の駒を逆さにしたような顔形で、顎がややしゃくれている。その程度だった。

松之助は、聞き込みができる場所はすべて廻ったに違いなかった。凜之助は、豊造一家が住んでいた長屋が町内にあるというので行ってみた。

「おさださんと春坊のことは、よく覚えていますよ」

長屋では、二年半の間に一部住人は入れ替わっていたが、あらかたは豊造一家のことを覚えていた。井戸端にいた女房たちから話を聞いた。

「豊造さんは酒を飲むと荒れて、乱暴なことをしていたからねえ」

母と子が出て行った先を知っている者はいない。

「行き先は、誰にも告げなかったのだな」

「そうです」

おさだは、追いかけられることを怖れて、行き先を誰にも話さなかったのだろう。

もちろんここにも、松之助は来ていた。

暮らしぶりや人柄についても尋ねてみた。

「豊造さんには弟がいてねえ、よく訪ねてきていましたっけ」

「何を稼業にしている者か」

「煙管《きせる》職人と聞きました。名は次吉《つぐきち》だったと思いますが」

豊造がいない留守にも訪ねてきて、春吉の遊び相手をしてやっていた。

「どこにいるのか」

「深川六間堀町《ろっけんぼりちょう》って聞いたけど」

すぐに向かった。煙管職親方の家は、そう手間取ることもなく見つかった。

「ええ、次吉という職人はいましたよ。でも今はいません」

初老の親方が答えた。次吉はあの一件の後、まもなく親方のところから出て行った。

ここにも松之助は、姿を見せている。

親方は、豊造はもちろん次吉の行方も分からなかった。出て行った時季を聞いた。

「豊造がいなくなったときに近いな。二人の間に何かあったのか」

「さあ」

「ただその後で、次吉はおさだと逃げたんじゃないかという噂が出ました」

「なぜそのような噂が」

「豊造は乱暴者で、次吉はおさだを庇《かば》っていたとか」

「確かに甥《おい》の春吉を可愛がっていたとは聞いたが」

凛之助には腑に落ちない。それで親方の家を飛び出すか。すでに一人前の職人になっていたとしても、親方の家から無断で飛び出したのである。

「どうやら、おさだと次吉はできていたようで」

「そういうことか」

ありそうな話だと思った。縄に関する証言を撤回した豊造は、高額の金子《きんす》を得た。それでおさだや次吉を追った可能性があると考えられた。

次吉の面相も訊いた。

「ええと。そうそう、首筋と額に疱瘡《ほうそう》の痕がありました」

これは何かの役に立ちそうだ。

四

南町奉行所を出た忍谷は、深川冬木町の峰崎屋へ行った。深川も東の外れといった場所で、木場《きば》に近い。仙台堀に沿って、材木問屋が並んでいる。小ぬか雨は止まないが、鋸《のこぎり》を引く音がどこからともなく聞こえてきた。

「おおこれは」

たかだか二年半ほどの間だが、店は様変わりしていた。店舗は間口五間（約九メートル）から七間（約十二・七メートル）になって、重厚な建物に変わっていた。隣の土地を買い入れたらしく、材木置き場も広くなっていた。

様子を見ていると、客の出入りもそれなりにあって、繁盛している様子が窺《うかが》えた。

店の中を覗いた。勘五郎も満之助も精力的な様子でほとんど変わらないが、若干肥えたように見えた。

「金太りか」

忍谷は吐き捨てるように言った。

「商いは、うまくいっているようだな」

表の河岸《かし》道《みち》にいた手代に声をかけた。

「お陰様で」

「大口の客には、それなりのもてなしをしているのであろう」

つい、嫌味な物言いをしてしまった。

「いえいえ、そのような」

手代は慌てた様子で手を振った。

「それくらいのことは、どこでもしているだろう」

もてなしについて調べるのではないことを暗に伝えると、手代はほっとした顔になった。

「よく使うのは、どこの店か」

腰の十手に手を触れさせながら聞いた。

「ここだけの話だ。その方が困るようなことはせぬ」

と続けた。

「はい」

手代は、深川蛤町《はまぐりちよう》と神田川《かんだがわ》河口に近い柳橋《やなぎばし》の料理屋の名を挙げた。

「そうか」

忍谷は首を傾《かし》げた。その料理屋では、神尾や飯嶋との密談はしていないと感じた。していたら言わないのではないか。

人に言えない悪事の相談をする場所には、気を遣うに違いない。

忍谷は、今度は峰崎屋の小僧に問いかけた。

「大口の客をもてなすとき、送迎のための辻駕籠《つじかご》や舟の用意をするのではないか」

料理屋の名を訊くよりも、こちらの方が確かだとの考えだ。

「そういうことはあります」

「どこを使うのか」

決まっているならば、教えろと告げた。

「そうですね」

小僧が名を挙げたのは、大川東河岸《おおかわひがしがし》の佐賀町《さがちよう》河岸にある船宿鈴《すず》やと、深川北川町《きたがわちよう》の辻竹《つじたけ》という駕籠屋だった。代金は顧客からは取らない。大事な客だけだと小僧は付け足した。

「それはいつからか」

「三年くらい前からです」

ならば入札に関する密会に使った可能性はある。

忍谷はまず、船宿鈴やへ行った。

幅広の大川の流れが目の前に広がっている。永代橋《えいたいばし》を、傘を差した老若が渡ってゆく。船着場には、人を乗せる小舟が二艘舫《もや》ってあった。

「峰崎屋さんのお仕事は、させていただいています」

女房は答えた。ここにも、松之助は姿を見せていた。少し魂消《たまげ》た。さすがに手落ちがないと感心した。

送迎をしたのは、おおむね手代が口にした二軒の料理屋だった。

「他にはないか」

「そういえば、向島小梅村《むこうじまこうめむら》の料理屋へお送りしたことはあります」

思い出したように女房が言った。二年ほど前に、二、三度あったとか。

「相手は誰か」

「お作事奉行の御大身《たいしん》様です」

神尾の後任らしい。作事奉行は、材木を扱う。

「用人の廣田文兵衛あたりが、神尾の意を受けて口利きをしたのだろう」

と推量できた。京都へ赴任しても、廣田父子を江戸に残している。抜け目がないやつだとは思った。

ただ女房は、こうも言った。

「お作事奉行様がお見えになるのは、この一年半前あたりからです」

それは、こちらが求めている答えではなかった。

次は深川北川町の辻竹という駕籠屋へ行った。三十丁ほどの駕籠を持ち、舁《か》き手を雇って町を走らせていた。もちろん顧客に頼まれれば、所定の場所へ迎えに行き、客を送り届けることもするそうな。

半裸の駕籠舁きが、空駕籠を担って通りに出て行くところだった。駕籠舁きは、雨でも町を走る。

「峰崎屋さんには、贔屓《ひいき》にしていただいています」

中年の番頭が忍谷の問いかけに答えた。やはり送迎が多いのは、蛤町と柳橋の料理屋だった。

「他はないか」

隅田川《すみだがわ》を上った小梅村へは、舟を使うので駕籠の用はない。番頭は二軒の料理屋の名を挙げた。

行ってみると、接待した者の中に、飯嶋や廣田が入っていた。しかしそれは、この一年以内のことだった。

雨の中を歩き回ったが、結局得られたものはなかった。

「探索は、やはり相当厳しいぞ」

忍谷は呟《つぶや》いた。

五

豊造の行方を追って雨の中を歩いた凜之助だが、夕暮れどきになって八丁堀の屋敷に足を向けた。急ぎ足になっている。

いつもならば空腹を覚えるところだが、今日は気にならなかった。

神尾のことや豊造の行方などあれこれ考えたが、もう一つ胸の奥に放っておけないものがあった。朋の容態である。最悪のことがあれば、奉行所に知らせがくると考えていたが、それはなかった。

丈夫そうに見えたが、苦しむ姿を目の当たりにして七十二という歳を感じた。華奢な体に見えた。

気丈というだけでは、病に勝てない。また湿気の多い梅雨空であることも、体に良くないのではないかと案じられた。

屋敷に帰ると、しんとした様子だった。凜之助の帰宅に気づいた文ゑが、姿を見せた。

「一時はどうなるかと思いましたが」

文ゑはまずこう口にした。酷いことには、なっていないようだ。

「医者は何と」

「やはり心の臓の発作だそうです」

半日寄り添ってくれていたとか。手当が早かったから何とかなったが、場合によっては死に至ったと告げられたそうな。

今は落ち着いて眠っていた。

「そうですか」

凜之助はまずは安堵した。

妙が看取りをしていた。凜之助は少しの間枕元に座って、朋の顔を見詰めた。苦しそうな様子は窺えない。

「小さな発作は、これまでにもあったようです」

「こちらが気づかなかったわけですね」

「はい。一切おっしゃらなかった。辛抱強いということでしょう」

「まことに」

「ご自分の弱いところを、見せたくなかったのかもしれません」

わずかに、厳しい目を寝顔に向けた。文ゑは容態を案じてはいるが、日頃の不仲が覗いた言葉だと凜之助は受け取った。

「三雪さんが、見舞いに見えました」

凜之助が朝、伝えに行ったときにそれは口にしていた。来たのは、ちょうど医者のいるときだった。

「あの方は、小石川養生所でお手伝いをしているからか、お医者の役に立ったようです」

好意的な口調ではなかったが、仕事ぶりは認めるといった印象だった。朋が凜之助の祝言の相手として薦めている相手だから、気に入らないのは確かだ。

自分はお麓を薦めている。

「明日も来ると話していましたが、お忙しいでしょうからとお断りしました」

看護は、自分がすると言い足した。覚悟の言葉だと感じた。また本音は、三雪に来られるのは迷惑ということかもしれなかった。

「はあ。さようで」

「手伝いならば、お麓さんにお願いします」

「…………」

看護はするが、他の面では譲らないということか。

凛之助は、逆らわない。今は朋も厳しい状況だから分からないだろうが、よくなったら、ひと悶着あるかもしれなかった。とはいえ今は、容態の回復を願うばかりだった。

実際の年齢よりも若く見える祖母だが、今はだいぶ老けて見えた。

その後凛之助は、松之助の部屋へ行った。父は何事もなかったように、鳥籠造りに精を出していた。

見事に削られた竹ひごが、膝の前に置かれている。太さにむらがなく、一つ一つにつやがある。すべて松之助が、一本の竹を切り出して拵《こしら》えたものだった。今は土台の部分ができたばかりで、これから組み立てられてゆく。

少しずつ工夫をして、前のものとは異なった仕上がりになった。

普段冷静な松之助も、今朝は落ち着かない様子だった。日頃屋敷では影が薄いが、家の者に思いがないわけではない。ただ朋と文ゑの間に入って何か言えば、何十倍にもなって返ってくることが分かっているから、身を引いていた。

それは凛之助も同じだった。

朋にも文ゑにも、引けない思いがある。朋には武家の新造としての矜持《きょうじ》があり、文ゑには商家の出で何が悪いという気持ちがあった。自分は御家の役に立っているぞと、胸を張る気持ちがあった。

どちらの心中も分からないではないから、松之助は言葉を呑み込むのだろう。

「峠は越したようですね」

「まだ分からぬがな。再発がなければ、落ち着くであろう」

安堵はできないと言っていた。何事も松之助は、己の都合のいいようには受け取らず慎重だ。

それから凜之助は、神尾陣内が江戸へ戻ってきて、町奉行職に就くらしいという話を伝えた。

「そうか」

ごくわずかに無念の気配が顔に萌《きざ》したが、作業をする手には、微塵《みじん》の動揺もなかった。

さらに凜之助は、忍谷と調べを始め、自分は豊造の行方を捜したと話した。また分かっていることがあるならば、知らせてほしいと続けた。

「そうか。あの後、弟の次吉は姿を消していたのか」

すべてを聞き終えたところで、松之助はまずこのことを口にした。作業の手が止まっている。

「明日にも、洗ってみようと存じます」

「次吉と女房のおさだは、示し合わせて逃げたのかもしれぬな」

次吉の煙管職人としての腕は、どこへ行っても通用するものだと付け足した。拵えた銀煙管を見たことがあるそうな。

「逃げられたと知った豊造は、荒れたでしょうね」

「己が撒《ま》いた種ではあるがな」

松之助の、豊造への反応は冷ややかだった。

「峰崎屋から銭を受け取り、証言を覆してから江戸を出た。弟と、女房子どもを追ったに違いありません」

二人の関係を知っていたらば、許せないだろう。

「己の乱暴狼藉《ろうぜき》が、かえって二人を結び付けたとしても、そのことに気持ちが廻る者ではなさそうだ」

「恨むだけですね」

「そうだな。ただ用心深い峰崎屋や廣田が、豊造をそのまま好きにさせたかどうかは分からぬ。後になって、怖れながらと訴えられてはたまらない」

殺したかもしれないと、松之助は言っていた。口封じをする可能性は、大いにある。

「確かめてみます」

生きていれば捕らえて、材木が倒れたのは事故ではないことの証言をさせる。仮に殺されていたのならば、手を下した者を捜す。峰崎屋や廣田に繋がるはずだ。

「他にやつらの悪事に繋がる話で、分かっていることがありましょうか」

聞けることは、耳に入れておきたい。

「調べていることはある。もう少し形になったら伝えよう」

これまで鉄之助の一件には口を閉ざしたままだった松之助だが、今夜はよく話してくれた。神尾が江戸へ戻ると聞いて、気持ちが動いたのかもしれなかった。

六

翌朝は、曇天だった。凜之助が目を覚ましたとき朋は寝ていたが、看取っていた女中の妙によると明け方意識を戻したそうな。

「お医者の診たてをお話すると、またすぐにお眠りになりました」

顔色を窺うと、昨日よりも赤みがさしていた。文ゑが重湯を拵えた。目が覚めたら飲ませようという配慮だ。

朝飯を済ませた凜之助は、屋敷を出た。少しばかり歩いたところで、お麓と会った。

「朋さまのお具合は、いかがでございましょうか」

朝の挨拶を済ませると、すぐにそれを口にした。朋の容態を案じる様子だ。病を知っているのは、書の稽古だけでなく、文ゑの裁縫の稽古もしばらくはなくなったと知らされたからだ。容態が安定するまでのことだ。

「快方に向かっているようだ」

と告げると、ほっとした様子を見せた。朋は稽古に来る娘たちには、細かいことにうるさい。文ゑの弟子に対しても、遠慮はしない。

「町の娘は、頭一つ満足に下げられない」

挨拶の仕方が気に入らないと、この言葉が出てくる。

お麓も注意をされることがあるが、神妙に受け入れても、それでめげる気配はなかった。あっけらかんとしている。

書の稽古がある日と、裁縫の稽古の日とでは、朝比奈家の様子がまるで変わった。役に立てることがあるならば言ってくれと口にした。

凛之助は町廻りを済ませると、改めて深川六間堀町の煙管職親方の家へ行った。まず親方に次吉の職人としての腕について訊いた。

「礼奉公も終えています。腕は間違いありやせん」

と返された。

「ただ勝手に出たとなると、ちゃんとしたところでは雇ってもらえません」

そう続けた。やはりおさだとは、示し合わせて逃げたのか。

「なるほど。ならばしばらくは、安い下請け仕事しかできないわけだな」

「へい。それなりの覚悟を持って出たと思われやす」

親方は断言した。

「兄の豊造との間はどうだったのか」

「あまりよくなかったようですが」

姿を消す少し前に、血相を変えた豊造が訪ねて来たとか。家から離れたどこかで話したらしいが、次吉は殴られて帰って来た。

「いなくなった女房と倅のことで、揉めたわけだな」

「そんなところでしょう。次吉とおさだはできていたと疑ったようで」

向こうから話題にした。

「疑われるようなことが、あったのか」

「男と女のことですからね、あっしには分かりやせんが」

次吉にしてみたら、相手が兄嫁では、人に話せることではなかっただろう。

「次吉には、他に女の噂はなかったのか」

「聞きませんねえ。仕事はよくやったが」

逃げる前に、ちゃんと話せば身の立つようにしてやったのだがと言い足した。惜しむ気持ちがあるようだ。

それから凜之助は、町内にあった次吉の長屋へ行った。井戸端にいた女房に問いかけた。

「あの人に、姉さんがいたのは知っていますよ。四、五歳くらいの男の子を連れて訪ねてきたことがありましたからね」

「そうそう、子どもを可愛がっていたっけ」

豊造がおさだに乱暴を働いていたことは知っていただろう。その上で関わりを持ち、甥になる幼子を可愛がった。同情が恋情に変わったということか。

そして気がついたときには、いなくなっていた。

「あの姉さん、地味だけど、なかなかの器量だった」

と口にした者もいた。

次吉とおさだ母子は、手に手を取って逃げたわけではない。次吉の方が後だった。どこで落ち合ったのか。

次吉が親しくしていたという煙管職人二人を教えてもらった。それから凜之助は、長屋の大家を訪ねた。

「挨拶には来ましたが、どこへ行くとは言わなかったですね」

とはいえ、店賃《たなちん》はすべて払って出て行った。

「戻って来たら、住んでもらいますよ」

と続けた。出て行った先の見当はつかない。出入りをしていた煮売り酒屋へも行ったが、行き先が分かりそうな話は得られなかった。

長屋の女房から聞いていた、煙管職人の一人を訪ねた。

「姿を消した次吉だが、行き先に心覚えはないか」

「さあ」

首を傾げるばかり。江戸から外へ出たことはない。兄のように、大酒を飲むわけでもなかった。

「次吉は、女遊びはしなかったのか」

「そういう話は、聞きません」

「どこかに、縁者はいなかったのか」

「何も言わなかったが、いたかもしれやせん」

それでは話にならない。もう一人の職人を訪ねた。三十代半ばの歳で、兄貴筋に当たる者だ。

「あいつの拵えた煙管を、とても気に入ったと言ってくれる隠居がいるってえことを、自慢気に話したことがありました」

しばらく考えた上で、そう告げた。

「どこの誰か」

「聞いたような気がするんですがね」

思い出せない。もう二年以上前の話だ。仕事を認めてくれている相手なら、そこを頼ったかもしれない。

「場所や屋号だけでも、思い出せないか」

「すみません」

職人は頭を下げたが、そこで「あっ」と声を漏らした。

「四宿《ししゅく》のどこかかも知れません」

相手は、宿場の分限者ということらしい。新宿《しんじゅく》、品川《しながわ》宿、板橋《いたばし》宿、千住《せんじゅ》宿のどこかになる。当てにならない証言だが、聞いた以上は捨て置くわけにはいかなかった。

凜之助は品川宿へ足を向けた。遠いが、骨惜しみをするつもりはない。無駄足になるかもしれないが、それは覚悟の上だった。

海の見える道を歩いた。曇天の空を海鳥が飛んでいる。

宿に入って、最初に目についた小間物屋で問いかけをした。安物の煙管が店先に何本か並んでいた。

「次吉という煙管職人を知らないか」

女房と男児を連れて、二年半ほど前にやって来たはずだと伝えた。

「煙管職人で、そういう名は知りませんね」

そこで宿内の煙管職親方や職人の名や住まいを聞いた。そこに出向いて、次吉らしい者がいないかと聞いた。

「次吉という名ではなくても、その頃に女房と子を連れて転がり込んできた職人の話は聞きませんねえ」

巡り会うことはできなかった。

七

忍谷は朋の発作について、昨夜妻女の由喜江から様子を聞いた。由喜江も報《しらせ》を聞いて、朝比奈家へ出向いていた。

気の強い丈夫な女《ひと》だと思っていたから、由喜江も驚いたらしい。

「苦しい思いをなされたわけだな」

「お歳ですから、どうなることかと気を揉みました」

「発作が治まって何よりだ」

まずは胸を撫で下ろした。

「母上も、お案じなされたようで」

「そうか。いろいろあるようだが、いざとなるとな」

朋と文ゑの確執については忍谷も見聞きしているので、由喜江の言葉には救われるものがあった。由喜江もなかなかに気が強いが、母と祖母はそれに輪をかけている。

義父である松之助には、同情する気持ちがあった。もちろんそれを、由喜江の前で口にすることはない。

忍谷の両親はすでに他界しているので、嫁姑《よめしゅうとめ》の軋轢《あつれき》はなかった。それは幸いだと、朝比奈家の様子を窺《うかが》うにつれ思った。

忍谷が朝比奈家に顔を出したときには、すでに凜之助は屋敷を出ていた。文ゑに見舞いの言葉を述べただけで、忍谷は南町奉行所へ向かった。

町廻りの後、忍谷は、大川東河岸の佐賀町河岸にある船宿鈴やと、深川北川町の駕籠屋辻竹を再度当たってみることにした。

先日聞き込みをした限りでは、何の手掛かりも得られなかったが、どこかに聞き漏らしたことがあるかもしれない。そう考えて足を運んだ。

「もう二年以上も前のことですからねえ」

おかみはまたかという顔をしたが、それでも思い出そうとした。しかし何も浮かばない様子だった。そこで船頭にも声をかけた。

「あっしは、お客ならばどこの誰でも送りますぜ。何を話していたかなんて、どうでもいいことでさあ」

昨日運んだ客でも、覚えていないと言った。

それから駕籠屋辻竹へ足を向けた。ここでも番頭だけでなく、これから稼ぎに行く駕籠舁きなどに問いかけた。

しかし伝通院の材木入札前後に、峰崎屋やその客人を蛤町と柳橋の料理屋以外に運んだ者はいなかった。

そこで問いかけ方を変えた。

「峰崎屋の勘五郎もしくは満之助を、蛤町と柳橋の料理屋以外に運ばなかったか」

「それならば」

と答えた者はいた。

「どこか」

「霊岸島《れいがんじま》の翁庵《あきなあん》という料理屋です」

そこは江戸でも名の知られた料理屋だ。町廻り区域ではないが、忍谷も名だけは知っていた。ただそれは、入札が済んで半年ほどしてからだった。

「他にはないか」

「王子《おうじ》稲荷《いなり》の鳥居の前まで送ったことがある」

と言う者がいた。運んだのは、勘五郎一人だけだった。

「お詣りをしてから、どこかの料理屋へ行くと話していたっけ」

参道には、茶屋や料理屋が多数並んでいる。江戸からはやや離れているが、春は桜の頃から冬の雪見にいたるまで、郊外の行楽地として知られていた。

「いつだ」

「ええと」

入札の直前だった。これが一番それらしかった。王子は遠いが、行ってみることにした。神尾や飯嶋が一緒とは限らないが、当たってみる価値はありそうだった。

王子稲荷の門前から飛鳥山《あすかやま》の麓まで、料理屋や茶店、土産物を売る店が並んでいる。高そうな店から、裏店暮らしの者でも無理をすれば入れそうな店まであった。

音無川《おとなしがわ》の流れる音が、心地よく耳に響いた。雨に濡れた山の緑が美しい。

商売のための接待ならば、それなりの場所を選んだだろうと考えた。それでまず、界隈では一、二の格式を誇る扇屋《おうぎや》へ行った。玄関や庭の手入れは行き届いている。高貴な武家の御忍び駕籠が、玄関からやや離れた繁みの奥に置かれていた。

「さあ、存じ上げませんが」

二度来た客は忘れないと言ったが、記憶になかった。番頭もおかみも、峰崎屋や神尾、飯嶋の名を知らなかった。

もう一軒、同じ格式の海老屋《えびや》へ行った。

しかしここにも来ていなかった。訪れる客の名を記しておく綴《つづ》りに、その名はなかった。がっかりしたが、これで帰るわけにはいかない。

「他に賓客をもてなすような店はないか」

と海老屋の番頭に訊いてみた。

「それでしたらもう一軒、あまり人に知られていませんが、離れを使える料理屋があります」

との返答があった。川《かわ》ふじという店だった。

さっそく行ってみた。王子稲荷の参道からはやや離れた場所だが、建物は音無川に沿って建てられていて、部屋からの見晴らしはよさそうだった。

忍谷は玄関先まで行って、番頭を呼び出した。

「峰崎屋様ですか」

番頭は、聞き覚えがないという顔をした。ともあれ訪れた客を記した綴りで、確かめさせた。

「ああ。峰崎屋様という方、お見えになっていますね」

と言った。帳面に来た日と客の名が記されていた。人の記憶はあいまいだ。

勘五郎は、侍一人を接待していた。その名は分からない。

「客は、神尾だけか」

供侍を連れていたと番頭は思い出した。

「神尾と廣田だろう」

と忍谷は考えた。入札の二日前である。

「その後、峰崎屋さんはもう一度見えているような気がします」

記憶が蘇ったらしかった。指を嘗《な》めながら帳面を捲《めく》った。

「ああ、これですね」

日付は、鉄之助が亡くなる四日前だった。この日峰崎屋が接待したのは、侍二人だった。

このときには、神尾はすでに京都へ赴任している。そうなると断定はできないが、飯嶋と廣田かと思われた。もちろん、話していた内容など分からない。

飯嶋は、伝通院の材木入札には関わっていなかった。関わったのは鉄之助が調べを始めた後からだと見ていた。

鉄之助が調べを進めていた。それを不快とした峰崎屋と廣田は、飯嶋を味方に引き入れたのだ。

「やつらの動きが、少し見えたぞ」

呟きになった。

第二章　不正の訴え

一

凜之助が品川から町奉行所を経て八丁堀の屋敷へ着いたのは、暮れ六つ（午後六時頃）の鐘が鳴った後だった。道行く人は、提灯《ちょうちん》を手にしている。

朋のことは、今日もずっと頭の奥にあった。道端に稲荷社があると、立ち寄って両手を合わせた。

門を潜ると、暗がりの中に妙がいた。

「お婆様の具合は、いかがか」

凜之助は尋ねた。

「お話ができるようになりました」

正午近くになった頃だとか。話とはいっても、片言だ。すぐに眠って、たまに目を覚ますといった容態だそうな。一時はどうなるかと怯《おび》えた。

「まずは何よりだ」

しかし妙の顔は、ほっとしたというよりも困惑の気配があった。話ができるようになって、文ゑと揉めたのか。

「まさか」

とどきりとした。生き死にの瀬戸際までいった発作を起こしたのである。気持ちが昂《たかぶ》れば、また悪くなるだろう。

「何があったか、話してみよ」

凜之助は問いかけた。家に入る前に、覚悟を決めておかなくてはならない。

「今日昼前に、三雪さまが見えました」

朝会ったときに、看病の手伝いをしたいと話していた。可愛がられていた三雪としては、当然だろう。

三雪の父は小石川養生所掛同心ということで、折々手伝いに出向いていた。看護には慣れている。

「ご新造様は、鄭重《ていちょう》にお断りになりました」

「お婆様には、伝えずにだな」

「そうです。看護の手は足りているということで」

「なるほど」

妙が案じているわけが分かった。朋は、今は眠っている。口が利けるようになったとはいっても、先のことは分からない。何しろ高齢だ。気持ちを昂らせるのは、心の臓によくない。

とはいえ朋にしてみれば、三雪の看病を望むに違いなかった。そして文ゑは、こういうときに三雪の世話になるのは避けたいところだろう。

「後になっておばあさまが知ったら、揉めるかも知れぬな」

妙は頷いた。

話をしているところへ、文ゑが現れた。声を抑えてはいたが、気がついたらしい。妙はすぐに、台所へ行った。逃げたという印象だった。余計なことを言って、叱られるとでも思ったのか。

「お婆様は、話ができるようになったとか」

「何よりのことです」

文ゑは胸を張った。朋の看護は、文ゑと妙がしているのは間違いない。常の家事の他にだ。

「お疲れでございますね」

凜之助は、ねぎらうつもりで口にした。凜之助の祖父が長患いをしたときは、朋が看護をしたので、文ゑは慣れていない。

「何のこれしき」

力のこもった声だった。とはいえ、疲れは窺えた。

「早くよくなっていただかなくてはなりませぬ」

二人は仲の良い間柄ではなかったが、本心だと察しられた。

「朝比奈家のことです」

「そうですね」

三雪のことには、触れなかった。他人の手を煩わせず、自分がやると腹を決めているからに他ならない。

文ゑが三雪の手伝いを拒んだのは、意地悪心からではないと感じた。この家の新造として、できることをしようという決意だと凜之助は受け取った。

それから少しして、忍谷が朝比奈家に立ち寄った。夜分ではあるが、朋の見舞いに寄ったのである。

「順調に回復のこと、何よりでございます」

文ゑには、そう挨拶をした。それから松之助と凜之助の三人で会って、ここまでの調べの結果について伝え合った。

「王子の料理屋を探り当てたのは何よりだ。接待を受けたのは、神尾や飯嶋らに違いあるまい」

「ははっ」

「やつらの動きの一部が分かったが、それは悪事を明らかにするものではない」

「まさしく」

松之助の言葉に、忍谷は頷いた。

次に凜之助は、豊造にまつわる次吉の行方について伝えた。

「四つのうち、一つは消えたわけだな」

「はい。さらに探ってみます」

明日は、忍谷が新宿を当たると言った。凜之助は板橋宿と千住宿へ向かう。

忍谷と門先で別れるとき、凜之助は文ゑに聞こえぬように、三雪にまつわる話をした。やれやれといった気持ちだ。

「なるほど。それは後で、面倒の種になるぞ」

忍谷は応じると、そのまま続けた。

「その方も、難儀だな」

大げさな口調だ。面白がっているようにも感じた。

「ふん」

こういうところは、いかにもお調子者で軽いと感じる。道場の先達で姉婿でなければ、がつんと言ってやりたいところだが、それはできなかった。

忌々しい。剣の腕ではかなわない相手だし、町奉行所へ出仕したばかりのときには世話になった。今のところは、聞き流すしかなかった。

二

翌朝は小ぬか雨、凜之助は出かける前に、目を覚ましていた朋を見舞った。

「もう、大丈夫です。案じることはありませぬ」

朋は凜之助の目を見詰めていった。窶《やつ》れはあるが、精気はだいぶ戻っていた。とはいえ、常の状態とはだいぶ違う。

枕元には、文ゑもいた。夜の看取りもしたので疲れている気配もあるが、穏やかな表情だった。

「お元気そうになって、何よりです」

「皆のお陰です」

素直な口ぶりだった。昨日の三雪のことは、まだ知らないのだろう。凜之助は早々に屋敷を出た。

朝比奈家の穏やかな朝が、少々不気味だった。嵐の前の静けさといった感じか。松之助はすでに鳥籠造りに入っていた。

竹ひごを削ったり組み立てたりしているときは、少年のような表情にも見える。

凜之助は番傘を差して町廻りを済ませ、板橋宿へ向かった。京へ通ずる中山道《なかせんどう》の最初の宿場で、川越《かわごえ》街道の起点ともなった宿場である。宿内には六百軒ほどの家があり、二千五百人ほどが住んでいた。

四宿の中では住人の数こそ一番少ないが、賑やかさにおいては、他の三つの宿場に劣らなかった。

宿往還の長さは二十町（約二・二キロメートル）ほどで、旅人の用を足すだけでなく、近隣の村人の用を足す商家が並んで栄えていた。問屋場や貫目改所《かんめあらためしょ》、馬継場《うまつぎば》、江戸の町の自身番に当たる番屋などもあった。

茶店や居酒屋、宿場女郎のいる飯盛り旅籠《はたご》もあって賑わった。

宿内仲宿《なかしゆく》付近にある石神井川《しやくじいがわ》に板橋が架けられ、これが宿場の名のもとになった。京側から上宿《かみしゆく》、仲宿、下宿《しもしゆく》とあって、それぞれに名主がいた。

途中湯島や本郷の焼け跡の道を通った。雨のせいで、鋸や鉋《かんな》の音はほとんど聞こえない。すでに屋根が葺《ふ》かれた普請場から、釘を打つ音が響いて来るばかりだった。

凜之助は、下宿へ行ってから煙管を商う店に立ち寄って、煙管職人について尋ねた。歳は二十九で、額と首筋に疱瘡の痕がある。それが特徴だった。

「ここは宿場としては大きいですが、それでも煙管職の親方は一人しかいません」

番頭は言った。親方は四十年配の、この宿場で生まれ育った者だという。

「では弟子筋で、よそから来た職人を雇ってはいないか」

雨の中で足を濡らし、板橋宿までやって来た。これで帰るわけにはいかない。ようやく雨が止んだが、またいつ降り出してくるか分からない空模様だった。

「それならば、親方のところにいますよ」

「ほう」

あまりにあっさり答えられたので、拍子抜けしたくらいだった。顔には疱瘡の痕があるそうな。どこから来た者かは分からない。親方の仕事場は、板橋に近いあたりだとか。

仕事場へ行って、住まいを聞いて出向いた。

初老の親方を呼び出した。

「いますよ。一人前の仕事ができるので、下仕事を任せています」

「名は何と」

「伊助《いすけ》ですね」

名を聞いて、がっかりした。職人としての腕は、なかなかだとか。

念のため、歳を聞いた。確かに顔と首筋には、疱瘡の痕があった。あきらめきれない気持ちだった。

「歳は二十九です」

「女房や子は」

「いますよ」

「名は」

「おさき、と夏吉《なつきち》です」

二十九歳と八歳だとか。

「そうか」

胸に引っかかるものがあった。

移ってきたときの事情を訊いた。

「宿内の知り合いの口利きで、引き受けました。わけありってえことでね」

「江戸からだな」

「そうです」

詳しい事情は聞かないという約束だった。おさきはかいがいしく尽くし、夫婦仲はいいとか。また夫婦は、子どもを可愛がった。

「伊助には兄がいるはずだが、訪ねて来たことはないか」

すでにこのとき、凜之助は伊助が次吉ではないかと考え始めている。

「そういえば」

親方は少し考える仕草をした後で答えた。

「移って来て間もない頃に、そんな話を聞いたような」

しかし何かが起こったわけではなかった。仕事場にいるというので、そっと姿を見た。

中肉中背で、丁寧な仕事ぶりに見えた。生真面目な印象だった。

「訪ねてきたことは、まだ言わないでくれ。あいつが悪さをしたわけではないのでな」

念を押したところで、親方から伊助の住まいを聞いて、凜之助はそちらへ行った。宿場の裏通りにあるしもた屋だった。

近くに寺があって、門前で遊んでいる七、八人の男児がいた。五、六歳から十歳未満といったところだ。甲高い大きな声を上げて走り回っている。

凜之助は傍《そば》によって、一番年嵩《としかさ》の子どもに問いかけた。

「春吉はいるか」

ここには七、八歳くらいの子が三人いて、凜之助は順にそれらに目をやった。

「春吉なんて、いねえさ。夏吉ならばいるけどさ」

年嵩の子は笑った。

「そうか。いや、勘違いをした」

凜之助は笑って見せた。そして三人いた中の一人に注目した。明らかに、体を強張《こわば》らせていた。不安げな眼差しを向けている。

それで春吉だと確信した。

ただ確かめるのに、子どもを使ったことには後ろめたさがあった。凜之助は、聞いていた伊助のしもた屋へ行った。

声をかけると、三十歳前後とおぼしい女房が出てきた。

「おさだだな」

凜之助はいきなり問いかけた。

「い、いえ」

女房は驚き、そして慌てた様子を見せた。

「その方が豊造の元女房で、次吉とここにいることは分かっている」

「……」

凜之助は表情を和らげた。次吉もおさだも、凜之助が調べをしている件では、無実の者だ。それをはっきりさせた上で、聞き出せることは耳に入れておく腹だった。

「ここでのその方らの暮らしを壊すつもりはない。豊造の行方を捜している。それを知りたいだけだ」

「いえ、私は豊造なんていう人は知りません」

強張った顔で返してきた。怯えている様子だ。認めれば、何かまずいことがあるのかもしれない。

「しかしここへきて間もない頃に、兄らしい者が訪ねてきたというではないか。豊造は、その方らを捜し当ててここへ来たのではないのか」

何の下調べもなく、ここへ来たのではない。それを伝えたつもりだった。問いかけは図星だったらしく、女は息を呑んだ。

「酒癖が悪く、その方や子どもには、酷いことをしたというではないか。おれはそれをよしとするつもりはない」

「……」

女房はわずかに涙ぐみ唇を嚙んだが、頷いたわけではなかった。

「執念深い男ではないか」

凜之助は、相手がおさだだと確信をしているから、かまわず話を続けた。

「得心が行かないのは、やって来た豊造が次吉と会ったらしいが、騒ぎを起こさなかったことだ」

豊造は逃げたおさだら三人を、許さなかっただろう。ここで凜之助ははっとした。

次吉が、豊造を殺したのではないかと考えたからだ。それならば、おさだは口を割らないだろう。

おさだは今、異郷の地ではあっても、壊されたくない暮らしを営んでいる。

三

不意に誰かに、背後から見られている気がした。強い視線に、どきりとした。凜之助は後ろを振り向いた。

するといたのは春吉で、怯えた目を向けていた。目には悲しみや怒りもあるような、子どもなりに、必死に訴えてくるものがあった。

自分は、春吉の平穏な暮らしを奪う者として映っているのだと感じた。

ここでこれ以上の問いかけを続けるのは憚られた。もう逃げないだろうという気持ちもあった。

「分かった。引き上げよう」

凜之助はそう告げると、そのまま通りに出た。気配で、子どもが動いたのが分かった。母親に駆け寄り、抱きついたのだ。

「もし豊造が死んでいるのならば」

凜之助は呟いた。こちらとしては、どうしようもないことだ。倒れた材木の件での調べはできない。

ただそれは、確かめなくてはならなかった。

凜之助が行ったのは、板橋宿の番屋である。そこに詰めている番人の老人に問いかけた。よほど暇なのか、居眠りをしていた。声をかけると、びくりとして目を覚ました。

「二年ほど前のことだが、このあたりに三十歳前後の職人ふうの殺された死体が出なかったか」

土地の者ではなく、余所者《よそもの》の死体だ。

「はあ。身元の知れない死体は、たまに出ますが」

街道だから、野垂れ死にする者は、年に何人かある。旅人同士のつまらない喧嘩で、命を落とす者もいる。驚くことではないらしい。それを記録に残しているというので、綴りを検めさせた。

「ああ、これならばありましたね」

紙を何枚か捲ってから、番人は書かれている文字を指さした。土地の者ではない三十前後の職人ふうが、石神井川の土手で殺されていた。

斬られた状況にも触れられていた。一刀のもとに肩から袈裟《けさ》に斬られている。他に傷はなかった。町人にできることではないから、侍の犯行と断定された。

発見したのは、川へ朝釣りに出かけた一膳飯屋の親仁《おやじ》だった。宿場の御用聞きは、周辺の聞き込みをした。下手人に繋がる手掛かりは得られなかった。

下手人は分からないまま、事件の探索はされなくなった。

「何しろ宿場ですからね、怪しげな侍や町人は毎日のように通ります」

番人の言うことは、よく分かった。斬り口から考えれば、犯行は次吉ではない。斬った侍の見当は、すぐについた。

「廣田君次郎あたりか」

豊造の命など、やつらにとっては虫けらと同じようなものだろう。

また豊造の動きを探り、摑んだことになる。江戸から離れたのは、殺すには好都合だったかもしれない。江戸の町奉行所は調べに関わらないから、殺した後は放っておけばよかった。

ただ確かめたわけではなかった。

ここまできたら、本人に当たるしかない。凜之助は煙管職親方の仕事場を訪ね、伊助を呼び出した。

「はい。どのような御用で」

伊助は江戸の定町廻り同心の訪問に驚いた様子だった。神妙な、しかし疑うような眼差しを向けてきた。

「豊造がその方を訪ねて来たのは分かっている」

決めつける言い方をした。伊助は返事をしない。探るような目を向けてきただけだった。凜之助は続けた。

「逃げたつもりでいたところへ、豊造が現れたのには驚いたであろう」

「……」

「そして豊造は殺された。事情を知る者ならば、その方が殺《や》ったと思うであろう。親方にも告げずに、逃げてきたのだからな」

よほどの覚悟だと窺える。

「そんな話は、私は知らない」

やっと声を出して、激しく首を振った。

「しかしその方は、殺ってはいない。死体は袈裟懸けに見事な一撃だったという。それならば、その方にできるわけがない」

伊助の表情が、わずかに変わった。

「おれが知りたいのは、豊造を斬った者が何者かということだけだ。その方らの暮らしを壊すつもりはない」

これで伊助は、大きく息を吐いた。

「その方は、次吉であろう。返事はしなくてよい。そのつもりで話すゆえ、分かることは返事をいたせ」

体を硬くしている。それで相手は、己が次吉であると認めたと受け取った。

「斬殺の場面を見たか」

「いえ。あいつがおれを訪ねてきて、皆殺しにすると言った。逃げたことに腹を立てていた」

「勝手な話だな」

「いや、おれも悪いが」

兄嫁を奪ったという点での言葉だろう。

「その方は、奪ったのではない。女と子どもを救ったのだ」

「えっ」

これには、驚いた様子だった。凜之助はそれにはかまわず、胸の内に浮かんだことを口に出した。

「その方には、兄嫁に思いを寄せたことに、後ろめたさがあったのであろう。初めは同情であったかも知れぬが」

ここで次吉は、「ううっ」と呻き声を漏らした。

「兄貴は匕首《あいくち》を出して、おれを殺そうとしたんだ」

そこに深編笠の侍が現れたのだという。

「侍は何も言わないで、兄貴を連れて行った。仲間がいたかどうかは分からない。顎をしゃくっただけだが、兄貴は怖れていた。あんな顔を見たのは、初めてだった」

「それきり豊造は現れず、石神井川土手で殺されていたわけだな」

「そうです」

頷いた目に、涙の膜ができていた。

「顔を検めたのか」

「話を聞いて、土手まで見に行きました」

「豊造だったのだな」

「間違いありません」

ほっとしたと、小さな声で付け足した。

「その侍の顔を見たか」

「いえ、それは」

深編笠を被っていた。見ていたら、殺されたかもしれない。

「分かった。その方を責めることはない。その殺しについては、調べがなされたのだな」

「宿場役人が調べたと聞きましたが、分からなかったようで」

「その方は、兄だとは告げなかったのだな」

「へえ」

次吉は俯いた。兄だと伝えてしまえば、後々面倒なことになる。今の暮らしを壊されたくなかったから、口を閉じていたのだろう。

それを責めるつもりはなかった。凜之助が目指すものは、豊造殺しの侍を炙《あぶ》り出すことだ。次吉の今の暮らしを壊すつもりがないことは、初めに伝えていた。次吉は安堵の表情をした。

四

「殺害があった場所へ、連れて行ってもらえぬか」

「お安いご用で」

次吉に連れられて、凜之助は石神井川の板橋からやや離れた土手へ行った。街道からはすぐの場所だが、路地に入れば、人気はなくなった。淡い紅色の紫陽花が、群れて咲いているだけだった。

「ここでさあ」

次吉が指さした場所は、朽ちかけた物置の陰で、人目につきにくい場所だった。斬殺現場を目撃した者はいなかった。犯行がここで行われたかどうかは、まだ分からない。

「現れた侍について、豊造は事前に何か言わなかったか」

「言いませんでした。兄貴は、逃げたおれたちを許さないと、それだけを口にしていました」

「では侍が現れたときは、どんな様子だったのか」

二人は口を利かなかったというが、他にも覚えていることがあったら聞いておきたい。

「とても驚いた様子で」

「現れるとは、思っていなかったわけだな」

「へえ。おそらく」

豊造はそのとき、殺されることを意識したかもしれない。口封じのためだ。自分の証言の意味が大きいことは、分かっていただろう。だからこそ、常では手に入らない金子を懐にできた。

「殺された豊造は、懐にそれなりの金子を持っていたはずだが、それはどうか」

「懐には、財布がありませんでした」

これは次吉が、宿場の番人から聞いたことだ。

「なるほど。それで物盗りの仕業だと考えられたわけだな」

斬った侍も、殺された町人も通りすがりの者なら、宿場役人も面倒なことはしたくない。遺骸を無縁仏として始末をしたうえで形ばかりの調べをし、うやむやのままに終わらせた。

「その方の前から連れ出されて、この土手に来るまでには、人通りのある場所も通ったわけだな」

「そうだと思います」

二人を見た者が、他にいるだろうと考えた。夕暮れどきには、やや間のある刻限だった。

とはいえ、二年以上も前の話だ。覚えている者がいるかどうかは分からない。

「豊造が斬られたのは、土手だったのか。それとも他の場所か」

「それは見当もつきません」

「斬った場所が他ならば、血が飛んでいたはずだ」

仮に斬った方がうまく避けたとしても、地べたには残ったことだろう。

「それがあの日は、夕立がありました」

ざっと降って止んだそうな。

「すると地べたの血は、流されたわけだな」

となると、殺害した場所の特定はできない。次吉からは、おおむね聞き出すことができた。

「その方は、仕事に戻ってもよいぞ」

「いや、あっしも」

殺そうとして捜し、江戸から追ってきた兄である。恨みもあるだろうが、やはり血の通った縁者としての思いがあるのかもしれなかった。

「兄貴は、職人としてはよくやった。腕もよかった。だからあっしも職人になろうと思ったんです」

「父親も、職人か」

「そうですよ。でもあいつは半端職人で、酒を飲んでおっかあやおれたちを殴るだけだった」

ああはなるまいと、兄弟で話し合った。だから修業には精を出した。

「でも腕がよくなって銭が得られるようになると、兄貴は親父と同じように酒に手を出した」

そうなると、女房や子どもにも手を出した。

「おれは、おさだや子どもが不憫《ふびん》だった」

「母親や、自分のように感じたのか」

「まあ、そんなところで」

「おさだも、その方の世話を焼いたわけだな」

義姉と義弟の一線を、いつの間にか越えていたということか。

「兄貴はどこかで、おれたちのことに気づいたのかもしれねえ」

そしてはっとした表情になった。

「兄貴は、それなりの額の金子を持っていたと言いやしたね」

「それは間違いない」

「悪さをしたわけですね」

「まあな」

「兄貴はその銭で、おさだや春吉を捜してここまで来たんだと思います」

「やり直そうとしたのか」

「それは分かりやせんが」

「愚かなやつだな」

次吉は、凜之助の言葉に返事をしなかった。

土手から出て、裏通りに立った。まず目についたのは、宿場の者を相手にする青物屋だった。中年の女房がいたので、問いかけた。

「そこの土手で、町人が侍に惨殺された。覚えているな」

「二年ほど前のことですね。覚えていますよ。物騒な話で」

「夕刻前に、深編笠の侍と町人がここを通り過ぎたはずだが、覚えてはおらぬか」

「ええっ。それが、出来事の二人ということですか」

「思い出してみよ」

大きな出来事だから、あの日のことは覚えている。とはいえ店の前を誰が通ったかまでは、さすがに分からなかった。亭主も呼んで訊いたが、分からなかった。

四軒の小店に訊いたが、これという返答はなかった。夕立があったことは、覚えている者も、忘れている者もいた。

街道に出た。目についたのは、旅籠《はたご》だった。

「お侍さんがお泊まりになることは、珍しくありません」

番頭は答えた。犯行のあった日の宿帳を出させて検めた。廣田文兵衛の名も君次郎の名もなかった。本名を名乗るわけがないから、これは当然だ。

そこで凜之助は考えた。豊造は自分と同じように、ここに次吉がいると分かってやって来たのか、分からず捜しに来たのか、それは不明だ。

ただ煙管職人を捜したとすれば、豊造は宿場の者に問いかけをしただろう。追ってきた侍も捜したかもしれない。

「この頃、もしくは泊まらない者でも、煙管職人のことを尋ねた侍はおらぬか」

「さあ、どうでしょう」

番頭は覚えていなかった。続けて三軒の旅籠で同じことを訊いた。覚えている者はいない。しかし四軒目の旅籠で、初めて反応があった。

「そういえば、訊かれたような気がします」

しかしそれは、侍ではなく中間だった。一晩泊まった翌朝に尋ねてきた。事件のあった日だ。

「一人で泊まったのか」

「はい」

宿帳に、同宿者の記載はなかった。

「顔を覚えているか」

「ぼんやりですね」

自信のない顔だ。それからすぐに続けた。

「その中間は、あの侍の家来ではないでしょうか」

「うむ。自身が問いかければ、顔を覚えられるからな」

中間に問いかけさせたかもしれない。役目を終えた中間は、捜し出した後で帰らせてしまえばいい。それくらいのことはやりそうだった。

五

板橋宿から戻った凜之助は、南町奉行所へ入った。豊造の足取りが摑めたという点では、板橋宿へ行ったことは無駄ではなかった。しかし本人が斬殺されてしまっていては、切られた縄の件での調べはできないことになる。

少ない手掛かりの一つだったので、無念だった。ただ豊造を惨殺した侍と、その使用人らしい中間を探し出せれば、状況が変わるという思いはあった。

「おや」

奉行所の玄関を出たところに、五人の商家の主人ふうがいるのに気がついた。その中に見覚えのある顔があった。

臼杵屋平太郎である。上州屋忠兵衛《ちゅうべえ》もいた。

どちらも材木問屋で、伝通院改築の折に、材木の入札に手を上げた者だった。一同の表情には、神妙というよりも怒りとか不満といったものが現れていた。

平太郎が、凜之助に気がついて頭を下げた。

「何があったのか」

近寄って問いかけた。

「それが、お訴えをしていたのですが」

浮かない顔で、忠兵衛が答えた。他の三人も、材木問屋の主人たちだそうな。

「話してみよ」

知らぬ相手ではない。何ができるか分からないが、聞くだけは聞いておこうという気持ちだった。

「でしたらば申し上げます。ご公儀は四月一日付で、材木の値上げを防ぐために、前日まで以上の高値を付けることを禁じるお触を出しました」

「それは存じておる」

町奉行所は、町年寄を通して伝えたことだから、凜之助は忘れるわけがない。

「それでも高値で売って、捕らえられる材木問屋がありました」

「このときは町奉行所が動いて、触に背いた主人は手鎖刑となり、店は百日の戸閉となったのではなかったか」

「ええ、さようで。そのときは、ご公儀も本気だと思ったのでございますが」

忠兵衛以外の者が、不満顔で続けた。

「それでなくなるかと期待しましたが、以降もやっている店がありました」

「しぶといな」

「分からぬように、密かにやっております」

表向きは、高値にはしていない。しかし裏では金が動いているという話だった。それでは触の意味がない。

触を守っている問屋が、馬鹿を見るという話だ。しかも罰せられる者と、そうでない者がいる。

「どこがやっているのか」

「あくまでも噂ですが、峰崎屋さんが」

平太郎は怒りを抑えながら口にした。

「そうか」

驚きはしない。峰崎屋ならばやりそうだ。ここでもか、という程度だった。

「そこで私どもでは、峰崎屋さんの商いのやり方について、お調べをしていただくお願いを申し上げました」

峰崎屋から材木が市場に出ているのは間違いない。

「なかなかお聞き入れいただけなかったのですが、三度目の申し入れで、今月の上旬に受け入れていただきました」

ようやく重い腰を上げたことになる。

「それで今日、どのようなことになったかお伺いに参りました」

「してどのような」

望んだ結果ではなさそうだ。

「慎重に調べをおこなったが、不正はなかった、ということでございました」

「調べの内容について、話はなかったのか」

「それだけでございます」

納得のいかない話だ。一同は詳しい説明を求めたが、一喝された。

「町奉行所がいたした調べに、不審があるのか」

取り付く島がなかった。証拠がないから、申し入れをしたのである、主人たちには、何もできない。

それぞれの顔に、悔しさが滲んでいる。

「奉行所で対応をしたのは、誰か」

「市中取締諸色掛《しょしきがかり》与力の太城庄兵衛《たしろしょうべえ》様でございます」

名主に物価の調査をさせ、その諸色を監督する役目だ。町奉行所といっても、強盗や人殺しなど凶悪犯を捕らえるだけが役目ではなかった。

商いの不正にも目を光らせた。

同じ奉行所でも凜之助とは接点がなかったが、頑固な人物だとは聞いている。袖の下でも得ているのかと考えたが、それを問屋の主人たちの前で口に出すことはできなかった。

奉行所内の廊下を凜之助が歩いていると、向こうから飯嶋と太城が何か話しながら歩いて来るのに気がついた。どちらも笑みを浮かべている。

話の内容は分からないが、材木屋の主人たちが引き上げて間もないときなので、気になった。

二人が凜之助に顔を向けた。こちらが黙礼をすると、飯嶋の顔がにわかに不機嫌そうになった。

奉行所内では、公式にはまだ何もないが、近く奉行の交代があるということが噂になっていた。もう小者にいたるまで、知らない者はいない。

奉行所全体が、落ち着かない雰囲気だ。

新奉行が最古参の飯嶋を頼るのは、いつものことだ。新奉行に嫌われたくない者は、飯嶋の顔色を窺う。

奉行が代われば、人事異動がないとはいえない。凜之助や忍谷は、牢屋同心に左遷される虞《おそれ》が現実味を帯びてきた。

六

忍谷は、この日も町廻りを手早く済ませて新宿へ足を向けた。止む気配のない小ぬか雨が鬱陶しいが、躊躇う気持ちは起きなかった。

凜之助から板橋宿での聞き込みの様子を聞いて、豊造はそちらに現れていそうだと感じるが、確認はできていない。念のための動きだ。

「おれらしくねえな」

と呟きが出た。胸の内に湧いてくるじっとしていられない気持ちが、むだかもしれないことで、体を動かしている。常ならば考えられない。こんなに昂る気持ちになるのは久しぶりだった。

神尾が江戸へ戻って来て町奉行になったら、峰崎屋や飯嶋と組んだ悪事はすべて闇の奥に追いやられる。それでは亡くなった鉄之助は浮かばれない。

大木戸《おおきど》を越えた先の内藤《ないとう》新宿下町《しもちょう》に、煙管商いをする店があったのでまずはそこの敷居を跨いだ。店先にいた眼鏡をかけた主人ふうに、豊造らしい職人について尋ねた。

「女房や子どもを連れた、わけありの職人ねえ」

首を傾げた。

半刻（約一時間）ほど聞き歩いた。怪しげな者はいたが、豊造やその妻子らしい者には出会わなかった。

「まあ、こんなものだろう」

いないということが確かめられれば、それでよかった。

千住宿へでも行こうかと考えたが、喉の奥に刺さった小骨のように、気になることが残っていた。

王子の料理屋川ふじのことである。

峰崎屋が伝通院の入札の折に神尾を、そして鉄之助が亡くなる直前には、廣田と飯嶋をそこで饗応したと見ている。客が誰だったかはっきりしないが、峰崎屋が宴席を持ったのは間違いなかった。

確認はできていないから、まずはこれを明らかにしておかなくてはいけない。その上で、交わされた話の内容が少しでも明らかになれば、新たな調べの手掛かりが得られると考えた。

そこで忍谷は、再び王子に足を向けた。

新宿から王子は、さすがに距離があった。蒸し暑いので、手拭いが汗で搾れるくらいに濡れた。

音無川の流れの音に微かな涼味を感じて、息を吐いた。

入口でおかみと番頭を呼び出し、話を聞いた。しかし二人は、前と同じように、接待を受けた客のことはほとんど覚えていなかった。

そこで忍谷は、他に客と接するのは誰かと考えた。料理を運んだ仲居と、履物を預かる下足番だと気がついた。

覚えていないとしても、確かめてはおきたかった。松之助ならば、そうするだろう。松之助ならばどうするか。定町廻り同心になったばかりのときは、いつもそれを考えていた。

まずは下足番の爺さんを呼び出した。

「へい。名なんて訊かなくても、お客さんの履物を間違えることはありません」

爺さんは胸を張った。しかし覚えているのは一刻（約二時間）ほどの間だけで、履物を返してしまえば、すぐに忘れてしまう。

「そんな昔のことまでは、覚えちゃいられませんね」

と返された。当り前だろう、といった口ぶりだった。

そこでまた番頭に問いかけた。

「峰崎屋の座敷を受け持った仲居が誰か、綴りに残っていないか」

「残っています」

そう言って番頭は綴りを取り出し、指で紙を捲った。

「二回とも、お玉《たま》という者です」

三十代半ばの、気働きの利く仲居だという。

「話を聞けるか」

「もうここにはいません」

一年前に辞めた。滝野川村《たきのがわむら》の小前百姓《こまえびやくしよう》の家に、後添えで入ったとか。がっかりしたが、今の住まいは分かるというので訪ねてみることにした。王子からならば、遠い場所ではない。

忍谷は、滝野川村の小前百姓の家へ行った。お玉は赤子を背負っていた。

「峰崎屋さんのことは覚えています」

客の名と顔を覚えるのは、仲居の仕事だと言った。ただ接待した客までは分からない。二度、三度と来れば別だが、それはなかった。

「交わしていた話については、覚えていないか」

無理だとは思ったが、一応聞いてみた。

「そりゃあ覚えちゃいませんね」

当然だという顔で返した。

「伝通院とか、倒れた材木とかいう言葉はなかったか」

「はて、伝通院ねえ」

表情が、微妙に変わった。何か思い当たることがあるらしかった。しばらく首を傾げてから口を開いた。

「峰崎屋さんが次に来たときに、その話をしていました」

思い出したらしかった。酒を運んできて部屋へ入ろうとしたときに聞こえた。すぐに三人は口を閉じた。

「よく思い出せたな」

「私の里の村の殿様はお旗本で、殿様が亡くなられたとき、とっつあんが葬式に行ったんです。菩提寺が伝通院だったので覚えていました」

「そうか」

招かれた客が、飯嶋や廣田である可能性は、また一つ濃くなった。

七

朝から雨が降っている。この数日三雪は、小石川養生所へ出向くことはなかった。患者が多いときだけ、手伝いに行った。

父親の網原が養生所掛だったので、足を運ぶようになった。看護の甲斐なく亡くなる者もいたが、快癒して家に帰る者を見送るのには喜びがあった。亡くなる前に、感謝の言葉を口にする者もいた。

報酬はないが、やりがいはあった。

そんな折、凜之助から朋の病について訊かされた。昨日早速見舞いに出向き顔を見ることはできたが、目を覚ます様子はなかった。

ただ回復に向かっている気配だけは感じて、安堵した。

介護の手伝いを申し出たが、文ゑに断られた。朋と文ゑの不仲は分かっていた。それまでの暮らしの様子や二人のやり取りを見ていれば隠しようもない。

朋は、弟子の一人というだけでなく、可愛がってくれた。

「あなたの筆は、素直で間違いがない。教えたことが、素直に入っていきますね」

そう言われた。

書は、墨をすっているときから気持ちが落ち着く。においも好きだった。

朋は自分を凜之助の祝言の相手にしたいと考え、文ゑはお麓がいいと話を進めようとしている。それは稽古に通う娘たちの間で噂にもなっていたから、分かっていた。

「そんなことはありませぬよ」

問われれば、そうやって受け流した。事実話は進んでいない。凜之助がはっきりした態度を示さないこともあるが、三雪も腹は決まっていなかった。

嫁ぐならば、すべての者から祝福されたかった。

朋が祝言を薦めようとしている以上、文ゑが自分を嫌っているのは当然だと思っている。

介護を申し出たときに、文ゑはきっぱりと断ってきた。しかしそれは意地悪というよりも、朝比奈家で対処をするという決意だと受け取った。とはいっても、見舞いを禁じられたわけではなかった。

そこで様子を窺いにと、好物の水菓子を手土産に朝比奈家に出向いた。

訪ないを受けて姿を見せたのは妙で、一瞬戸惑いの顔をした。奥へ聞きに行くと、やり取りする声が聞こえた。言葉の意味は聞き取れなかった。短いが、甲高い声も聞こえた。

しばらくして妙が現れた。

「どうぞ」

上がるように告げられた。多少顔が強張っている。文ゑが現れないのも、おかしいとは思った。

「よく来てくれましたね」

朋はまだ起き上がれないが、笑顔を見せた。気遣いのやり取りの後で、三雪は問いかけた。

「お見舞いは、まだ早かったのですか」

「そんなことはありません。嬉しいですよ」

とした上で、昨日はせっかく来てくれたのに、追い返すようなことをして済まないと続けた。

「そんなことはありません」

「いえいえ。文ゑどのは、そなたが見舞うのが面白くないのです」

「いやそれは」

「了見の狭い女子《おなご》です」

決めつけた。しかしそれで気持ちが昂ったのか、体に変調があった。痛みが湧いたのだろう。顔をわずかに歪めた。

気持ちを昂らせることが、一番いけない。三雪は体を撫でてやる。穏やかな気持ちにして、朋の顔を見詰めた。

「そなたは優しい」

慈愛の目を返されたが、長居をしてはいけないと感じた。

「気にすることはない」

と引き止められたが、長居はせずに、三雪は引き上げた。文ゑの気持ちを慮《おもんぱか》ったからではない。安らかなときを過ごしてもらうためだ。

文ゑは、見送りには出なかった。


凜之助が南町奉行所を出て八丁堀の朝比奈屋敷に戻る頃には、雨はやんでいた。朋の容態が案じられるところだ。

しかし気になるのは、それだけではなかった。朋と文ゑの関係だ。昨日は、訪ねてきた三雪を、文ゑは朋には伝えずに帰らせた。気づけば揉めるだろうと思われた。帰宅すると、文ゑが迎えに出た。

「義母上《ははうえ》様には、困りました」

目が合うと、すぐにそう告げた。困るというよりも、腹を立てている印象だった。

「今日も、三雪どのが見えました」

「それで、昨日会わせずに返したことが知れたわけですね」

「話さないわけにはいきませぬゆえ」

「お怒りになったわけですね」

予想通りの展開だと思いながら、凜之助は返した。

「体に障るのではないかというくらいに厳しい口調で、余計なことだと仰せになりました」

朋は苦痛の中で、三雪に会いたかったのかもしれない。帰してしまった文を責めたのだろう。

「私は、お体のことを考えてしたのです。また看護は、こちらでいたすつもりですゆえ」

三雪は書の弟子ではあっても、家の奉公人ではないと付け足した。

朋は病人とはいえ、腹を立てている。簡単には、気持ちは収まらないだろう。

重い気持ちになったが、凜之助はそれから朋を見舞った。

「意地の悪い女子です。病で寝込んでいるのをよいことに」

ここでも悪口を聞く。病になっても、穏やかというわけにはいかない。怒りが治まるまで、枕元で話を聞いた。

それから凜之助は、松之助の部屋へ行った。鳥籠造りは、少しずつ進んでいる。日ごとに全体像がはっきりしてきた。そこへ忍谷も姿を見せた。

まず凜之助が、豊造がすでに殺されていたことなど、板橋宿で分かったことをすべて伝えた。

「結果として侍は、次吉を助けたことになります」

「材木に関わる事件については、何も知らないからであろう」

凜之助の言葉に、忍谷が続けた。

「侍は、次吉を助けたのではない。後の厄介を避けただけであろうが」

松之助が返した。

「豊造が次吉やおさだ、春吉を殺してしまっていたらどうなると思うか」

「次吉らは宿場の者ですから、今度は捕り方も、曖昧な形では済ませないと存じます」

「そういうことだ。どのみち秘事を握っている豊造を、殺すつもりだったのでありましょう」

忍谷の言葉に、松之助は頷いた。

「豊造殺しが君次郎の仕業となれば、ことは進展するぞ」

「はっ。もう少し、洗ってみたく存じます」

松之助の言葉に、凜之助が返した。豊造が殺されても、調べの道筋はまだ消えていない。

次に忍谷から、王子と滝野川へ行った話を聞いた。

「もうあの者らの関わりは、疑いようもないな」

状況証拠の一つにはなると考えた。遅々とした歩みだが、核心に迫りつつあるとは感じた。

それから凜之助は、奉行所内で臼杵屋や上州屋らと会った話をした。

「そうか、ようやく返事をいたしたか」

「はっ」

「しかしいかにもそっけない答えであったな」

驚いてはいない。松之助はその件について、前から知っている様子だった。

「売り惜しみを禁ずる触が出たのは、商人がどう思うかはともかく、施策としては正しい」

「まさしく。材木の高騰を抑えることができます」

「だがな。役人が商人によって罰したり見逃したりするのは、不正以外の何物でもない」

「まして峰崎屋が絡んでいるとなると」

「そういうことだ」

「担当は、市中取締諸色掛与力の太城庄兵衛様でございます」

凜之助は言った。

「太城は、飯嶋に近いぞ」

これは忍谷だ。廊下で、飯嶋と太城が話しながら歩いていた姿を見たことを、凜之助は伝えた。

「峰崎屋が、その件で飯嶋と不正をなす場面を押さえられたらおもしろいぞ」

忍谷が、愉快そうに応じた。

「神尾も絡んでいそうですね」

神尾は、猟官のための費がいる。

「ならばそれがしが当たりましょう」

忍谷が言った。

「うむ。問屋だけではなかろう。材木を使う大工も、考えに入れねばならぬ」

松之助が言った。

「太城も仲間でしょうか」

「仲間は増やさぬのではないか。神尾が奉行になった折には、よしなに伝えようという程度ではないか」

儲けは、人には分けない。飯嶋は吝《しわ》い質《たち》だった。

第三章　意地と矜持

一

翌日は、霧雨のようなものが降っていた。蒸し暑さは変わらない。妙は、文ゑの許しを得て、洗濯物を台所の土間に竹竿を渡して干していた。朋が見たら、激怒する光景だ。

「台所を何だと心得るのか」

と始まるだろう。

文ゑは家事をやりたいようにやっているが、朋の看護をおろそかにしているようには感じない。よくやっていると凜之助は見ていた。

屋敷を出る前に、朋の見舞いをする。

「お具合は、いかがですか」

「まあよい。文ゑも、まあよくやっている。気づかぬところもあるが」

「そうですか」

少しばかり魂消た。文ゑに対する、朋のそんな言葉を聞くのは初めてだからだ。弱音というようにも聞こえた。

丈夫だった朋だが、ここへきて思わぬ病で苦しい思いをした。いつ再発するかもわからない。そういう不安もあるのかもしれなかった。

三雪を帰らせたことに腹を立てたのは、心細さの表れかとも凜之助は考えた。何であれ、今朋は、文ゑがいなければ何もできない。「まあよくやっている」は、それが分かっているからこその言葉だと思った。

「胸にある気持ちを、母上にお伝えなされては」

「まさか。そのようなことをしたら、つけ上がるだけです」

意地っ張りだ。

「気を付けて行くがよい」

気遣う言葉をかけられて、凜之助は屋敷を出た。

外は霧のような雨だ。傘を差さずに歩いている者も少なくなかった。通りには幌《ほろ》を屋根に見立てた露店が出ていた。

雨で店を閉じていたが、長く続いては食えなくなる。痺《しび》れを切らせたのかもしれなかった。

凜之助は、受け持ちの町廻り区域を歩いた後で、麴町三番町通りに出向いた。

豊造を斬ったのは、君次郎だと思っている。父文兵衛の可能性もないではないが、指図をしただけだと踏んでいた。

「中間は神尾屋敷の者だと思うが、まだ決めつけることはできない」

と考えていた。君次郎に訊いたところでまともな答えが返ってくるとは思えないから、中間に当たるしかなかった。

凜之助は、まず近くの辻番小屋へ行って番人の老人に問いかけた。居眠りをしていたので、肩を揺すった。

顔を上げた老番人は、口元の涎《よだれ》を手の甲で拭った。

「済まぬが、尋ねたい」

心地よく寝ていたのを起こされたからか、不機嫌そうな顔をしていた。凜之助は下手に出た言い方をした。

「神尾屋敷には、中間はどれくらいいるのであろうか」

「さあ。お殿様は京だから、渡り者が四、五人いるだけではないかねえ」

ともあれ答えてくれた。

当主が遠国《おんごく》奉行で出ている間の旗本の江戸屋敷は、そんなものかも知れない。凜之助は老番人に小銭を与えて、神尾屋敷を辻番小屋から見張った。

小銭を握らせると、態度が変わった。

「雨の中を見張るのは、骨折りだからなあ」

霧雨は時折止むが、気がつくとまた降っている。不安定な天気だ。

忍谷は、豊造が板橋宿で殺された日に江戸を出ていた、定雇《じょうやと》いの中間を探り出すつもりだ。

とはいえそれは二年ほど前のことだから、容易《たやす》くできるとは思わなかった。

そういう者がいたら、さらに暮らしぶりを調べて白状をさせる。殺しの場にいたとしても、己は手を下していないわけだから、証言は得やすいと考えた。

一刻ほどして、潜《くぐ》り戸から中間が出てきた。

「卒爾《そつじ》ながら尋ねたい」

忍谷は近づいて声をかけた。

「さあ。あっしは、半年前に一年を区切りにお屋敷に入ったんでね、前のことは知らねえよ」

いかにも面倒といった顔で返された。町人は町奉行所の同心には下手に出るが、武家だと中間でもふてぶてしい態度をとる者がいる。町方を不浄役人と捉えている。腹立たしいが仕方がない。中間は渡り者だった。

また小銭を握らせて、二年以上前から神尾屋敷にいる中間について訊いた。

「そうだな」

やはり銭の効き目は大きかった。

「三十代前半くらいの歳の者がいる。あれは定雇いの者だな」

為吉《ためきち》という名だとか。定雇いの者は主家に思いがあるから、秘密を守る。渡り者は口が軽い。悪事に関わらせたら、後が面倒だ。

これも銭の効果だ。中間とは別れ、凜之助は辻番小屋へ行った。

「定雇いの中間の顔が、分かるな」

「何年も前からの者ならば、下の者でも顔を見れば分かるよ」

中間が出てくるのを待つことにした。

若党と中間が出てきたが、それは違うと言う。夕暮れ前、三人目に出てきた中間を見て、番人は「あれだ」と顎をしゃくった。

凛之助は、中間をつけた。武家地から神田の町家へ出た。

向かった先は、乾物屋だった。現われた主人と話している。

四半刻（約三十分）に満たない間店にいて、そのまま屋敷に帰った。寄り道はしなかった。凛之助は、すぐに乾物屋へ戻って番頭に問いかけた。

「ええ、神尾様のお屋敷には、出入りをさせていただいています」

「では、今やって来た中間は為吉だな」

「さようで」

渡り者の中間ではない。たいがいは廣田父子がやって来たが、用件を伝えるだけの場合は、為吉が使いに来た。

「今日は、何をしに来たのか」

「お屋敷では、近くめでたいことがあるようで。贈答のための、のしあわびの注文をいただいていました」

その数に変更があるので、伝えに来たという。

「殿様が江戸へお戻りになって受ける、祝いの品の返礼品の一つだな」

「そう伺っております」

神尾家では、そのあたりは抜かりがないだろう。番頭の話では、上物を引くらししかった。

「江戸へ着く日は、近いのか」

一応聞いておく。

「もう、二、三日のようで」

「そうか」

予想よりも早かった。事実ならば、おちおちしてはいられない。

「二年ほど前に、板橋宿へ出向いた話をしたことはないか」

「聞きませんね」

「為吉は、生まれながらの江戸者か」

「そのようで」

「屋敷の外に、縁者がいるのか」

「さあ」

知るわけがないといった顔だった。

「町のどこかで、酒を飲むなどはないか」

「飲んだかもしれませんが」

しょせん客の家の使用人で、関心はないらしかった。

「あのう」

仕方なく店を出ると、と声をかけられた。二十歳前後の手代だ。やり取りを聞いていたらしい。

「その人なら、神田三河町《みかわちょう》の煮売り酒屋で飲んでいるのを、見かけたことがあります」

凜之助は、教えられた煮売り酒屋へ行った。見るからに安そうな店だ。中に入ると、煮付けの醬油のにおいが鼻を衝《つ》いてきた。置いてある酒は、地回り酒やどぶろくといったものだ。

昼間だというのに、土間の縁台で飲んでいる人足ふうがいた。

「ええ、大名家やお旗本の家の中間の方は、よくお見えになります」

客としてくる中間は他にもいるそうだが、為吉のことは覚えていた。何年も前から出入りをしている。とはいえ客の一人というだけで、親しく話をするわけではなかった。

「飲みながら、誰かと話をしていなかったか」

三人の名が挙げられた。人足ふう二人と、屋台店を商っている者だ。

人足の住まいは分からないが、近くの鎌倉河岸《かまくらがし》で荷下ろしをしているという。まずはそこへ行って、人足を捜した。

「お屋敷の中間と飲んだことはありますが、どうでもいいような話しかしていませんぜ」

殿様の知行所へお供で行ったこと。その場所が人足の一人の生まれ在所に近かったので、話は弾んだというものだった。こちらに参考になる話は聞けなかった。

こわ飯を商う屋台の親仁は、これから商いに出ようとしているところだった。三十代後半の独り者だ。

為吉と交わした話について尋ねた。

「酔ってする話ですからね。大した話はしていませんよ」

「かまわぬから、申してみよ」

「どこの女郎屋のこれがよかったか、そんなことですよ」

小指を立てて笑った。卑し気な笑いだが、気になった。一応確かめた。

「どこへ行ったと話していたか」

「いろいろ行ったと言っていましたが」

さながら自慢話のようだった。

「板橋宿の話はしていなかったか」

「ああ、していましたね」

為吉は四宿のどこかで飯盛り女を買ったという話をしたとか。

「何という見世か分かるか」

腹の奥が熱くなっている。

「ええと」

こわ飯屋は頭を傾げて、少しの間考えた。そして口を開いた。

「確か屋号に花の字がついたと思いますが」

時季を訊くと、豊造が殺されたあたりだ。

「役目を終えて銭を受け取り、一人になってから板橋区の女郎屋に足を向けたのか」

凛之助は、そんな推量をした。

二

凛之助は、板橋宿に足を伸ばした。明日に延ばすつもりはなかった。神尾の江戸入りも近づいている。

足早に、中山道を進んだ。途中、巣鴨村《すがもむら》あたりで雨がやんできた。宿場に入って、馬に水を飲ませていた馬子に尋ねた。

「旦那は、わざわざお見えになったんですかい」

馬子はにやりと笑ったが、女郎屋のある場所を指差した。遍照寺《へんじょうじ》という寺院の裏手に女郎屋の並ぶ一角があった。何軒も並んでいて、昼見世が行われていた。色暖簾《いろのれん》が、風を受けて小さく揺れている。

旅姿の者が多いが、それだけではない。商人ふうや職人ふう、近郷の百姓とおぼしい者もいた。遊ぶつもりの者も、通りかかっただけの冷やかしの者もいるだろう。張見世の前で立ち止まり、客を引く女郎と話をしている者も目につく。女は甲高い声を出している。甘える声だ。立ち去る者には、罵声を浴びせた。

大見世もあれば、数人しか女を置いていない小見世もあった。破風《はふ》造りの伊勢孫楼という豪奢な見世があったが、豊造がそこに入れるわけがない。

凛之助は、屋号に「花」の文字がつく女郎屋を捜した。それは二軒あり、まずはそのうちの一軒のやり手婆に問いかけた。

江戸の定町廻り同心の訪問には、迷惑そうな顔をした。とはいえ問いかけには応じた。

「旅の客だけでなく、江戸からわざわざ遊びにおいでになるお客さんは、ずいぶんといます」

武家も少なくない。その中には中間もそれなりにいた。

「でもねえ。一回や二回来たくらいの客のことなんて、覚えている妓《こ》はいないと思いますよ」

迷惑そうな顔は変わらない。客が入ってくると、そちらには「いらっしゃいませ」と、愛想のいい顔を向け声を上げた。

「石神井川の土手で、二年前に斬殺死体が発見された前日のことだ」

客を取っていない女郎たちを、帳場の板の間に集めさせた。

嫌な顔をされたが、それはかまわない。ただ脂粉のにおいが、一気に襲ってきたのには閉口した。

気を取り直した凜之助は、板の間に集まった女たちに、為吉という中間について、覚えはないかと問いかけた。顔や体の特徴、歳を伝えた。

「いつのことですか」

「石神井川の土手で、職人ふうが殺された前日のことだ」

事件のことは、皆覚えていた。女たちは顔を見合い、ぶつぶつ言ってから、一人が口を開いた。

「武家の中間っていったって、いろいろなのが来るからねえ」

「そうだよ。二年も前に、一回来ただけの客とのことなんて、覚えちゃいないよ」

面白くもないといった口ぶりだ。しかし一人、首を傾げた者がいた。居合わせている女たちの中では、一番に目鼻立ちが整っている。

「思い出したけど」

一同が顔を向けた。

「よし。言ってみろ」

「あの土手で人が殺された前の日に、中間の客の相手をしました」

一人だけでやって来たとか。夕立に濡れて、駆け込んできた。

「そうか。何か話をしなかったか」

「どこのお屋敷かって訊いたら、江戸の麹町っていうところのお旗本のところだって」

「ほう」

麹町と言われても、女郎は知らない様子だ。ただ麹は、生まれ在所で使ったと言う。

凜之助の胸は高鳴った。

「じゃあどうして、旅でもないのに、ここへ来たのかって聞いたんです」

「何と答えたのか」

「そうしたらあの人言ったんです、悪いことの手伝いをしたって。ちょっと、気味が悪かった」

「その中間が、殺したのかね」

と横から口出しをした女郎がいた。

「それならば、自分から言いやしないよ」

「そりゃあそうだ」

「手伝いをしただけだけど、遊ぶ銭をもらったんだって」

中間がしたことが、悪さの役に立ったということになる。

「本当に、そうなのかね」

「怖がらせただけかもしれないよ」

と女たち。

「それで次の日になったらさあ、土手で人が斬り殺されたっていうんでびっくりした」

「誰かに、その話をしなかったのか」

凜之助は、責める口調にはしなかった。まだ訊き出さなくてはならないことがある。

「だって、違うかもしれないじゃないか」

それに本当ならば、怖いと付け足した。宿場役人から尋ねられることもなかった。調べがどうなっているかも分からないうちに、その話をする者はいなくなった。

「あっという間に、みんな忘れてしまった」

「その中間は、もう一度顔を見せることはなかったのだな」

「来れば、すぐに思い出したかもしれないけど」

「顔を覚えているのだな」

死体が発見された前日のこととはいえ、交わしたやり取りは記憶に残していた。

「覚えちゃいませんよ」

あっさり言った。

「しかし見世に来れば、思い出すのであろう」

「顔なんて、毎日次から次へと、いろんなのを見ていますよ。でもね、ここじゃあ裏を返しに来る人なんて、めったにいない」

宿場女郎の相手は、旅人が中心だ。

「顔なんて、いちいち覚えちゃあいないねえ」

これは他の女郎だ。

「では、どうして覚えているのか」

「それは、男のあれだね。それと顔が重なるからさ」

と返すと他の女たちが、げらげらと笑った。

「ううむ」

返答に困った。

凜之助は、為吉の板橋宿での動きについて考えた。

為吉は君次郎について板橋宿まで来て、聞き取りの役目を果たしたと察しられる。為吉は、次吉か豊造を捜し出した。そこで君次郎は、為吉には銭を与えて解放したのではないか。

殺した後の始末をするまで一緒だった可能性もある。始末まで付き合わせたなら、駄賃は弾んだことだろう。

為吉は口が堅いとしても、ここは板橋宿だ。江戸から離れた宿場の、もう二度と会うこともない女郎に、つい漏らしたということはありそうだ。

ただここで聞いた証言内容だけでは、君次郎の犯行とは決められない。為吉の証言が欲しいところだ。

三

今日も朝から、小ぬか雨が降っていて蒸し暑い。忍谷は妻女の由喜江から、朝比奈家の朋と文ゑのぶつかり合う様について聞いた。

話の内容も、空模様のように鬱陶しいが、それは口には出さない。

「母上は、悪気があるわけではないのです」

由喜江は続けた。文ゑは不仲だとはいっても、朋がどうなってもいいとは考えていない。ただ同居の嫁として、介護は己がしなくてはと考えている。意地といってもいいものだが、それだけではない。

発作が治まった翌朝顔を合わせたが、疲労の中にも安堵の様子があった。作り物の表情ではなかった。

しかし朋にしたら、文ゑの世話になるのは面白くないのだ。病状が治まってくればなおさらだろう。

朝比奈家が金銭的に困っていたときに、商家出の文ゑは、持参金付きで嫁いできた。それで家計が一息ついたのは間違いない。

ただ朋にしてみれば、そのために気持ちを呑み込んだことは、少なからずあったはずだった。

朋は同心ではなく、格上の与力の家の出だ。意地を張ることで、己を支えてきた部分があると由喜江は言ったことがあった。

「厄介な話だとは思うが、二人にしたら譲れないところなのであろう」

呟いた。面白がる部分があるのは確かだが、松之助や凜之助の立場にしたら、切実なことに違いない。

「どちらも気丈な質ですから」

由喜江は実の孫であり娘だから、いろいろと感じることはあるのかもしれない。とはいえ、凜之助よりは上手に二人と付き合っていた。


面倒そうなことには関わらず、手抜きをして町廻りを終わらせた忍谷は、本材木町の臼杵屋平太郎を訪ねた。立てかけられている材木の数が他よりも少ない。材木屋の多い町で、臼杵屋はどこよりも活気がない様子だ。

忍谷は、平太郎と向かい合って話をした。

「二月に火事がありまして、こう申しては不謹慎でございますが、在庫の材木もいく分高値で売れると考えておりました」

「久々に、稼げると踏んだわけだな」

「さようで」

伝通院の入札が失敗して、それから商いはうまくいっていなかったと話した。

「お恥ずかしい話ですが、妬《ねた》ましい思いで、峰崎屋が大きくなってゆく様を見ていました」

「何、恥ずかしくはない。峰崎屋は、不正を働いたとの疑いがあったわけだからな」

町奉行所は不正はなかったとして、調べを終わらせた。その同心が口にするのは蒸し返すようでよろしくないが、事実ではあった。

「二月の火事の後、材木の値はみるみる上がりました。うちも、それなりに在庫がはけましたよ。でもすぐにお触が出ました」

「目論んだほどの利は、出なかったわけだな」

「さようでございます」

「しかし定められた値では、売らなかったわけだな。それは売り惜しみではないのか」

忍谷は責めた。材木屋が材木を出せば、高騰はおさまり復興は早まる。

「それを仰せられると返す言葉はございませんが」

臼杵屋は肩を落としたが、そこで怒りが湧き上がった様子だった。

「そんな中でも、卑怯な真似をして利を得ている者があります」

「それが、峰崎屋だというわけだな」

材木屋五人が集まって訴えたのには、それなりのわけがあるはずだった。一度では相手にされず、三度にわたった。それも詳しい説明もないまま、一方的に打ち切られた。

「さようです。同じことをして、主人は手鎖となり、店は百日の戸閉となったところもあります」

「ところが峰崎屋は、沙汰なしとなったわけだな」

「はい」

臼杵屋は昨日の怒りがぶり返した顔になって応じた。

「峰崎屋は、どのようなやり方をしたのか」

「そうですね」

臼杵屋はどこから話そうかと首を捻《ひね》ってから、口を開いた。

「今、新材で店やお屋敷を建てているのは、それなりの分限者に限られます」

「そうであろう。売り惜しみとはいっても、手放す材木屋はあろうからな」

「高い代価を、大工の棟梁に払っております」

「触に定められた値を越えた、高額になっているわけだな」

「さようで。表向きには、いたさぬ話です」

「仕入れた大工か売った材木屋が、利鞘《りざや》を取っているわけだな」

それでも分限者は、早く新しい店を建てたいとの思いで高値を承知で金を出すという流れだ。

「大工の棟梁と材木屋は、利を分けているわけか」

「はい。取り分は、材木屋の方がはるかに多いでしょうが」

材木がなければ、家は建てられない。大工としては稼ぎ時だが、新材が市場に出なくては仕事ができないという理屈だ。

「古材でやればよいではないか」

「それではおおむね仕事は小さくて、利が薄い。嫌がります」

大工の棟梁も、儲けたいという話だ。

「表には出ない金子の額については、大工は材木屋の言いなりになるしかないわけだな」

「まあ」

戸閉を喰らった材木屋はそれをした。嫉《ねた》んだ他の材木屋は、町奉行所へ訴えた。市中取締諸色掛の太城庄兵衛は、厳しい調べをして材木屋の不正を明らかにした。

「二重帳簿を取り上げました。そこまではよかったのですが」

しかし太城は、峰崎屋には同じような厳しい取り調べをおこなわなかった。訴えがあったにも関わらずだ。

背後に飯嶋がいるからだと分かる。ここで臼杵屋は、改まった口調になって言った。

「浅草駒形町《あさくさこまがたちょう》の大工棟梁で、蔵八という者があります。ご存じで」

「いや、知らぬ」

臼杵屋や上州屋らは、この蔵八と峰崎屋の取引について疑いを持ち、訴えをなしたのだと知らされた。

蔵八は触の出た後でも、重厚で間口の広い店二軒を手掛けていた。

「裏に何かなくては、できないことです」

「それはどこか」

「湯島六丁目の呉服屋淡路屋《あわじや》と本郷一丁目の薬種屋《やくしゅや》美濃屋《みのや》でございます」

何とかしてほしいという目を、平太郎は向けている。

「分かった。では蔵八と峰崎屋について、当たってみよう」

忍谷は答えた。

四

忍谷は、まず湯島六丁目の淡路屋へ行った。まだ復興のさ中といっていい町で、すでに新築された間口六間（約十・九メートル）の店が商いをしている。

焼け残った土蔵が、新しい店の横に建っていた。

新築の建物は重厚で、高い屋根だ。新材がふんだんに使われている。古材で建てられた店もあるが、やはりそれらとは風格が違った。

忍谷は通りにいた淡路屋の手代に問いかけた。

「見事なものではないか」

「お陰様で」

誇らしいといった顔だ。揉み手をしている。

「店を建て始めたのは、四月になってからだな」

「さようで」

「すべて新材だが、材木はすぐに運ばれてきたのか」

「四日には、運ばれてきました。旦那様が吟味なさったと聞いています」

「よほど高かったのではないか」

「そうかも知れませんが、お触が出ていたので、そう高いものにはならなかったように存じます」

笑顔で答えているが、手代は材木に関する詳細について多くは知らない様子だった。

店に入ると初老の番頭がいたので問いかけた。

「大した建物だな、よほど高値だったのであろう」

「それはもう、たいへんでございました。ただすぐに建てていただけたので、早くに商いを再開することができました」

火元は離れたところだった。半鐘が鳴って、反物など商いの品は総出で土蔵に納めた。火が移る前に、土蔵の厚い扉を閉じることができた。

火は中に入らず、品を守れた。

「新たに仕入れをするまでもなく、すぐに商いができました。顧客を奪われずに済みました」

火事を踏まえた貯えはしていた。新築の出費は大きかったが、商いの品を焼かずに済んだのは幸いだった。

被害を最小に抑えられたのである。淡路屋は算盤《そろばん》を弾き、高値であっても棟梁蔵八に依頼をして新材で建てる判断をしたものと考えられた。

「蔵八には、前から頼むつもりだったのか」

「いえ。他の棟梁は、材木不足で遅くなるとのことでございました」

それでは、せっかく品が焼け残った幸いを商いに生かせない。

「蔵八は、すぐにかかれると申したわけだな」

「はい」

主な材木は選べた模様だ。そうなると蔵八と峰崎屋は、触が出てすぐに打ち合わせをしたと考えられた。

「いや。触のことを飯嶋から事前に聞いていたら、さらに早めの談合ができたに違いない」

と考えた。

次に忍谷は、本郷一丁目の美濃屋へ行った。この頃には、雨は止んでいる。

近くへ寄ると鎚《つち》や鋸、鉋を使う音が聞こえてきた。ここはまだ普請の途中だった。

新材による普請で、ここの間口は七間あった。

「濡れているからな、滑りやすい。気をつけろよ」

濁声《だみごえ》で、若い職人に声をかけていたのが、棟梁の蔵八だった。日焼けして、顔も体も見えるところは赤銅《しやくどう》色になっていた。

忍谷は近寄って問いかけた。

「この材木は、すべて峰崎屋から仕入れたものだな」

「さようで」

蔵八は一瞬胡散臭《うさんくさ》そうな目を向けたが、すぐに丁寧な口ぶりにして応じた。

「仕事を受けたのは、いつか」

「四月になってからで」

「では、触の出た後だな」

「はい」

「すると、材木の値は」

「決まり通りでございます」

胸を張った。

「書面に値を定め、記した上でのやり取りでございます」

と続けた。問われたら、そう答えようと決めていたと思われるくらいに、するりと言葉が出た。

「なるほど」

「うちにお越しいただければ、綴りをお見せできますぜ」

「いや」

裏金のことは、書面に記されていない。そんなものを見たところで、何の意味もないだろう。

「南町の太城様には、ご覧いただきました」

「ふん」

と思ったが、口には出さない。訴えを受けた太城は、一応真似事のような調べはしたらしかった。

「その方は、この次にも仕事を請け負っているのか」

「お陰様で」

「材木は、峰崎屋から仕入れるわけだな」

「あそこは、前から使っておりますんで」

「初めての者には、卸さぬのか」

「さあ、そういうことは分かりませんが」

首を傾げて見せた。それから忍谷は、他の場所で仕事をしている大工の棟梁に問いかけた。

蔵八が手がける建物よりもだいぶ小さい。新材と古材が、半々ほどで建てられていた。棟梁とはいっても、まだ三十そこそこの歳だった。

「ここの材木は、峰崎屋から仕入れたのか」

「いえ。あそこは、誰にでも卸すわけではないようで」

ちらと蔵八の普請場に目をやって答えた。好意的な目ではなかった。

「長い付き合いのある相手だけだな」

「いや、そういうことでもないようで」

「長い付き合いでも、仕入れられない者がいたわけか」

「そう聞きました」

「なぜそうなるのだ」

「そりゃあ、決まっているんじゃあねえですか」

銭と、口に出さないだけだった。どこの誰かと訊くと、名と湯島の普請場を教えてよこした。

忍谷は早速行って、材木を卸せなかった棟梁に声をかけた。四十代半ばの歳で、邑《むら》吉《きち》といった。ここでは、古材を使っての仕事だった。

「おれは、もう何年も前から峰崎屋から仕入れていますがね」

仕入れられなかったと、不満顔をした。

「なぜか」

「三月の終わり頃に打ち合わせを頼んだんだが、四月にしてくれと言われた」

値上がりが激しいので早く話をつけたかったが、手が回らないと伝えられた。すると四月になって触が出た。

「そしたら急に、売り惜しみをしやがった。新材はたっぷりあるのによ。それを出せと言ったら、売り先は決まっているとほざきやがった」

こちらは早く話をしたかったのに、遅くなったのは向こうのせいだと息巻いた。

「それで」

「何とかならねえかとねじ込んだら、手付の金を出さないかとぬかしやがった」

「要するに裏金だな」

「お触に反することだ、そんなことができるかと答えたんですよ」

「満之助は何と答えたのか」

「その通りでございますと言って、すぐに話を引っ込めやがった」

「その話に乗ったら、裏金で新材を仕入れられたわけだな」

「まあ、そうでしょう」

邑吉は、必要ならば証言をすると言った。腹の虫は、収まっていなかった。ただそれでは訴えられない。問い質して否認をされたら、言った言わないの話になってしまう。

五

板橋での調べを終えた凜之助は、八丁堀の朝比奈屋敷の門前まで戻って来た。すると中から出てくるお麓と鉢合わせの形になった。

「この度は」

いつもならば満面の笑みを浮かべて挨拶をするが、今日は神妙な顔をしていた。稽古は中止になっているはずなので、ここで顔を見るのは意外だった。

「新鮮な卵が手に入りましたので、朋さまに食べていただこうと思いまして」

ここで初めて、笑みを浮かべた。もともとはお喋りで、明るい性質だ。めったに笑顔を見せない三雪とは、まるで違う。

卵は高価なもので、なかなか口には入りにくい。自分の師匠でもないのに、病を聞いて届けてくれた気持ちは、ありがたかった。

「お師匠様は、お疲れのご様子でした」

文ゑのことを案じている。文ゑにも食べさせたいということか。

「看護に当たっているからな」

「そうですが、いろいろおありのようで」

言葉を濁した。案じ顔だ。

文ゑは心を許しているお麓には、愚痴めいたことを漏らしたようだ。

朋も文ゑも、親しい者であっても弱気を見せることはめったにしない。ただ日々の家事に加え、気難しい朋の看護は骨が折れるのだろうと察した。

「朋さまは、三雪さまにお傍にいていただきたいようで」

凜之助は、またその件かと思った。朋は病状が回復するにしたがって、文ゑの介護を受けるのを嫌がってきたのだと窺えた。

朋と文ゑの不仲は、二十年以上に及ぶ。一度の病で、収まりがつくほど簡単なものではないはずだ。

「かたじけない」

「それで母上は、三雪殿を呼んだのであろうか」

「その前にお見えになって、一刻ほどお傍においでになったとか」

「なるほど、その間は落ち着かなかったであろうな」

「三雪さまは、朋さまから引き止められましたが、お帰りになられたと聞きました」

文ゑの気持ちを察してのことと思われた。三雪は、人の気持ちが分からぬ者ではない。

「たいへんなのは、昼夜を分かたない介護でございます」

文ゑは、朋の気持ちを受け入れて三雪を病間へ通した。お麓は、その文ゑの心情のことを言いたいらしかった。

「まことにな」

「ただ朋さまも、お苦しいのに違いありません」

苦しみは当人しか分かりませぬゆえ、と続けた。朋を慮る言葉だ。文ゑの立場に立ってだけ、見ているのではなかった。

「うむ」

凜之助は頷いた。

「お大事になさいませ」

それでお麓とは別れた。

「無事のお帰り、何より」

凜之助が玄関式台に立つと、文ゑが迎えた。

「どうぞ無理をなさらず」

声をかけた。お麓と話をした後だから、労《いた》わる気持ちがあった。

朋は眠っていた。枕元に座って、少しの間寝顔を見詰めた。朝よりも、だいぶ精気が戻っている。

それから松之助に帰宅の挨拶をした。鳥籠造りは、進んでいる様子だ。すでに七割方ができている。風格のあるものになりそうだ。朋の病や文ゑの看病のことは忘れているのではないと思うが、鳥籠造りには精を出していた。

そこへ忍谷も現れて、互いに一日の調べの報告をした。

「神尾家の中間為吉は、板橋宿で聞き込みをした後で、女郎屋へ行ったわけか。君次郎はそれを、知っていたのであろうか」

「知っていたら、止めたかもしれぬな」

忍谷の問いかけに、松之助は答えた。豊造を斬ったのは、君次郎に違いないという気持ちは、三人とも変わらない。

「しかし為吉を使って訊かせたのは、周到だった」

「女郎が為吉の顔を覚えていたら面白いのだが」

松之助の言葉に、忍谷が続けた。

「為吉は、豊造を亡き者にしたことを知っていたのでしょうか」

「手伝っていなければ、知らせぬだろう」

「手伝っていたら」

「殺しの仲間だ」

松之助は当然のように返した。そして続けた。

「何であれ、板橋宿であった身元の知れぬ者の殺害など、江戸には伝えられぬ」

「ええ。どこの誰とも分からぬままに、邪魔者を始末するには好都合でしょう」

松之助と忍谷が続けた。

「為吉は、女郎屋通いが好きだったようで」

凜之助が告げた。為吉は、豊造がその後どうなったかなど、関心はなかったのかもしれない。気になったのは、宿場女郎の方だという判断だ。

「峰崎屋も新材を卸すには、相手を選んで話を持ち掛けたわけだな」

長年の馴染みにだけ声をかけた。

「棟梁邑吉は渋ったので、無理には勧めませんでした」

忍谷は応じた。凜之助が頷いた。

「すぐに引いていますね」

「不正の証拠を残さないということだろう」

そう言ってから松之助は続けた。

「話に乗れば、材木問屋だけでなく棟梁も同罪だ」

忍谷は冷ややかな口ぶりだ。

日頃町廻りで遭遇する事件には、興味を示さない。しかし鉄之助の死に関わるこの事件には、気持ちをはっきりさせた。松之助についても、隠居してからは鳥籠造りにしか関心を示さないように見えたが、今は違う。

鉄之助の死を、無駄にしたくない気持ちがあるからだ。奉行の名を出された悔しさもあるだろう。考えてみれば、この三人が顔を合わせて、探索について話をするのはこの件が初めてだった。

凜之助にしても、気持ちが奮い立ってくる。無念を胸に抱えて亡くなった鉄之助に対する、鎮魂の思いだ。

「それにしても、二、三日中にも神尾が江戸に着くのは慌ただしいな」

「あれこれ動きがあるでしょうね」

松之助に、凜之助が答えた。おちおちしてはいられないところだ。

「峰崎屋が不正な手立てで材木を売っているのは、蔵八だけではあるまい」

「そうですね。神尾が江戸へ戻って来るとなれば、金もかかるはずです」

町奉行では満足せず、さらに猟官を進めると思われた。神尾は、そういう男だ。峰崎屋は、稼げる手立てがある限り、ついて行くだろう。

「他の棟梁も仲間にして、稼いでいるに違いありません」

忍谷が答えた。そこで凜之助が、峰崎屋と蔵八の関わりを探る。不正を明らかにできる品や証人が現れれば、真実に近づく。忍谷は、峰崎屋から不正な仕入れをしている他の大工棟梁を捜すことにした。

六

翌日は、未明から雨音が響いていた。朋の枕元に座って看取りをしていた文ゑだが、堪えがたい眠気が襲ってきて、体が大きく前後左右に揺れていると分かっていた。

疲れているのは間違いない。妙と交代とはいえ、毎夜のことだから疲れも溜まっていた。半分眠りかけているが、それが心地よかった。

もう少し、こうしていたかった。

朋は素人目にも、快方に向かっている。一時はどうなるかと案じたが、胸を撫で下ろす思いだった。

不仲な姑とはいえ、そのままにはできなかった。商家の出ということを常に言外で示され、腹立たしい思いもした。武家の新造に、なり切れていないと言われ続けている気がした。

「またこのような無駄な費をして」

金の使い方でも、あれこれ言われた。

家の者に鰹《かつお》を食べさせたくて、求めた。初物ではない。

実家では、初物を大枚はたいて買った。同心の家に嫁いだ以上、そんな贅沢なことはできないと思った。

鰹も出回り始めれば、値は下がった。それで奮発したのだが、朋の癇に障ったらしかった。朋だけ箸をつけなかった。

「実家を鼻にかけるのか」

と聞こえよがしに言われた。

進物を得た礼状一つを書くに当たっても、きつい一言があった。

「商家では、そのような筆遣いしか習わぬのか」

朋は達筆だから、返す言葉がない。しかし自分が言われるのはともかく、商家の出だからとされるのに腹が立った。

小さな意地悪に泣いた。持参金付きの商家の嫁は何もできないと、縁者に話していることもあった。裁縫の腕では負けないぞと、自分を励ました。

夫の松之助は、間に入ってはくれない。有能な同心だと聞いてはいたが、家の中ではまったく頼りにならなかった。

三人の子どもを生んでから、居直った。朋の書の稽古と同じように、裁縫を町屋の娘に教えた。

幸い評判はよかった。三人から始めた稽古だが、少しずつ増えて八丁堀の武家娘も稽古に来た。年月が経つと、朋の性質が分かってくる。ぶつかることはほとんどなくなったが、何かにつけて朋とは張り合っていた。

向こうも、同じ気持ちだと思う。

鉄之助を失ったのは思いもかけないことで悲嘆にくれたが、家督を継いだ凜之助は定町廻り同心として出仕するようになった。嫁取りを考える歳になった。

そして文ゑは、お気に入りの娘を凛之助に添わせようと考えた。けれどもそこでも、朋が立ちはだかってきた。違う娘を、祝言の相手にと名を挙げてきた。

どちらも、譲れない話だ。

誰にも言えないが、こんな姑は早くいなくなればいいと思うこともあった。しかし実際に生死の境で苦しむ姿を目にしたとき、死ねばいいとも、いい気味だとも思わなかった。

自分の気の持ちようが不思議だった。ただどこかで、冷静に見ている部分はあった。死ぬかもしれないが、自分の看病次第では生きるかもしれない。何もしなければ死ぬ。それは可能だった。

「商家の嫁は何もできない」

と言われるのは悔しかったが、今回だけは助けてやろうと思った。情ではなく、意地だった。病んでいる間の朋は、しおらしかった。

精いっぱいやって、朋は一命を取り留めた。まだ完治はしていないが、回復してくると我が出始めた。

「しぶとい女《ひと》だ」

と思った。見舞いにきた三雪を会わさずに返したことに、不満を見せた。三雪は、落ち着いていて芯のしっかりした娘だと思う。さすがに朋の眼鏡に適った娘だ。ただ自分とは合わない。

商家育ちで屈託のないお麓の方が、好ましく感じた。

鉄之助を失った朝比奈家は、誰も改めて口にはしないが、無念と悲しみの中にあった。お麓はその暗い影を吹き飛ばしてくれる。

「凜之助には、その方がいい」

その考えは、変わらなかった。

三雪を帰らせたことを朋から、責められた。せっかく精いっぱい、寝る時間も割いて看病をしてやっているのに、身勝手なという思いが湧き上がった。それでも翌日は、三雪の見舞いを受け入れた。

夜の看取りをしていると、松之助が現れた。

「おれと代わろう」

と言った。そなたも疲れているであろうと続けた。

「えっ」

驚いたが、嬉しかったわけではなかった。

「何を今さら」

という気持ちだった。これまでは何があっても、知らぬふりだった。己の母親だからだとするならば、自分への思いやりではない。

鉄之助が亡くなったとき、朋も文ゑも悲しみに暮れた。このときは、松之助とも悲しみを分け合った。

奉行所を辞めて隠居をするまでは、鉄之助の死に対する不審について調べに当たっていた。それは許せたのである。朋も同じ思いだっただろう。

しかし奉行からの命で、松之助は手を引き自ら隠居をした。仕方がないことだと考えたが、無念や失望があった。

そして松之助は鳥籠造りだけしかしない、無気力な暮らしになった。少なくとも、傍《はた》からはそう見えた。

こうなると文ゑは、凜之助とお麓に祝言を挙げさせ朝比奈家を継がせることが唯一の望みとなった。

「まだ大丈夫でございます」

松之助に告げた。苛立たしさがあったのは、間違いない。

一人になって、朋を看取った。寝顔は、これまでと変わらない。

そして時が過ぎた。小鳥の鳴き声が聞こえた。疲れがたまっている。揺れる体に身を任せた。けれどもここで、小さな呻き声を聞いた気がした。

「いい気持なのにうるさい」

初めはそう思った。しかし呻き声は消えず、徐々に大きなものになった。そこではっと目が覚めた。

「ああっ」

朋の顔が蒼白になっていて、唇や皮膚が青黒い。歪んだ顔には、薄く油汗が浮かんで苦しんでいる。

「義母上様」

それ以上の言葉を呑み込んだ。またしても発作が起こったのだと分かった。

「居眠りをしてしまった」

いつからこうだったのか。もっと早く、気づくべきだった。刺すような後悔が胸にあった。

「誰か」

文ゑは震え、そして悲鳴を上げた。こうなると、自分では手に負えない。

真っ先に飛んできたのは松之助だった。

「医者を呼べ」

次に駆け付けた凜之助に、松之助が命じた。

朋の意識はない。医者から預かっている薬を与えようとしたが、口に入れられない。こぼれてしまった。文ゑの手も震えていた。

それでも松之助の動きは、確かなものに感じた。

朋は快方に向かっていた。それで自分は油断をしていたと、文ゑは振り返った。

「どうか助かって」

神仏に祈った。助かってほしいという気持ちは、嫁として姑に対する意地と矜持があるからか。看護の手落ちとして人から見られるのを怖れるからか、それは分からない。

血の繋がらない姑とは、張り合いながら生きてきた。心の底から湧き出る情愛を感じたことはなかった。そういう相手の命だ。

それでも、助かってほしかった。その気持ちに、嘘や見栄はなかった。

第四章　賊を助ける

一

寝間着姿の凜之助は、医者のもとへ走った。雨など気にしていられない。

「発作の再発でござる」

前回並みだと、寝ぼけ眼の医者に伝えた。

「さようか」

それで医者は目を覚ました。緊迫した表情になった。その顔を見て、凜之助は改めて容態の厳しさを感じた。

薬箱を抱えた凜之助は、医者と共に朝比奈屋敷へ駆けた。医者は傘を手にしていたが、それでも充分濡れた。

病間には、松之助と文ゑがいた。朋はまだ、顔を歪めて小さな呻き声を上げていた。それが今にも消えてしまいそうで、虞が胸に迫った。

苦しむ表情や顔色を見ていると、今度こそ駄目かと思った。気丈な人だったが、病にはこれほど無力なのか。

凜之助は、隣室へ移った。まんじりともしない気持ちで、治療の様子を窺った。痛みが、自分の心の臓に移ったような気がした。

松之助も鳥籠造りを始めようとはしない。同じ部屋に腰を下ろしていた。腕を組み、目を閉じていた。

一息ついたのは、外がすっかり明るくなってからだった。いつの間にか、呻き声が聞こえなくなった。

どきりとしたところで、医者が隣室から出てきた。

「危ないところでした。今少し対応が遅かったら、今頃はこの世の方ではなくなっていたでしょう」

その言葉を聞いて、凜之助は胸を撫で下ろした。

「ただ、次に同じくらいの発作があったら、もう体がもたないと存じます」

と医者は続けた。体は衰弱している。歳でもあった。

「世話になり申した」

松之助の言葉に、安堵の気配があった。

「しばらくは、目が離せぬことになる。なかなかに、たいへんなことであろう」

医者は文ゑに目を向けてから言った。ねぎらう気配があったが、文ゑは放心している様子だった。

思いつめているようにも見えた。

「だいぶ良くなっていましたが、何かで気持ちを昂らせることがあったのやも知れませぬ」

心穏やかに過ごせるようにご配慮を、と医者は付け足した。

医者が引き取ったところで、文ゑは続けて看取りをしようとした。妙が代わると申し出たが、首を横に振った。

凛之助には、頑《かたく》なな様子に見えた。

「休むがよい。その上でまた看護をおこなえばよいのだ」

松之助は強い口調で告げた。文ゑは何か言おうとしたが、声にはならなかった。目に涙の膜ができている。

何も言わずに、病間から出た。

作造の拵えた朝飯を食べて、凜之助は町奉行所へ向かった。医者を迎えに行ったときには降っていた雨が、止んでいた。

青空が覗いて、そこから光が漏れている。ようやく晴れそうな気配だった。

町廻りを済ませた凜之助は、浅草駒形町の大工棟梁蔵八の住まいへ行った。敷地は百坪くらいはあって、建物は周囲の住まいよりも一回り大きかった。大工棟梁として、うまくいっている。

垣根の中を覗くと、洗濯物を干す中年の女房らしい姿が見えた。職人のものもあるのか、量はだいぶあった。

「亭主は、仕事に精を出しているようだな」

凜之助が声をかけると、蔵八の女房だと告げてきた。定町廻り同心が現れて驚いた様子に見えたが、それは短い間だけだった。

「仕事は、うまくいっているのか」

「お触が出て、いろいろたいへんなところもありますが、うちは何とかやっています」

愛想よく答えた。後ろめたい気配は窺えないが、裏金のことに気づいているかどうかは分からない。

「峰崎屋とは、うまくやっているわけだな」

「まあ、そのようで」

「蔵八は、番頭の満之助と飲むこともあるのか」

「長い付き合いですから、それはあると思います」

どこで飲むのか、場所は分からないと答えた。ぼかしたのかもしれない。若い娘が出てきて頭を下げ、一緒に仕事を始めた。

面差しが似ている。娘だと察しられた。

それで凜之助はその場から離れた。近所で聞き込みをした。

「蔵八さんは、お金持ちの家を主に建てているって聞きますよ。いい材木を、たっぷり使ってね」

建具屋の女房だ。今は関わっていないが、亭主はずいぶん前に、蔵八の仕事をしたことがあると言った。

「では、値も張るのだろうな」

「ええ。お金のない人は、頼めません」

そういう客が、声をかけてくる模様。大工としての腕は、悪くないようだ。

火事後の大口の仕事を逃したくなかったら、蔵八にしてみれば、高値を承知でも材木を仕入れなくてはならない。

「まあ、金はあるところにはあるからな」

と呟きが出た。

金を出す施主がいるなら、大工は逃したくないと考える。価格を度外視しても、眼鏡に適う材木を選ぶことになる。

さらに何軒かで、蔵八の噂を聞いた。

「腕はいいらしいんですがね。頼みに行って、高値をつけられたという話を聞いたことがあります」

近所の評判は、今一つだった。それからもう一度、蔵八の家の前に行った。すると先ほど見かけた娘が、通りへ出てくるところだった。

向こうから頭を下げたので、問いかけた。

「そなた峰崎屋を存じておるか」

「はい。材木を仕入れているところです」

番頭の満之助とは、話をしたことがあると言う。

「父親と二人で酒を飲むそうだが、どこで飲むか存じておるか」

「大川に面したところだと聞いたことがありますが」

それ以上は分からない。

「あのう」

どこか怯えた顔になって、娘は問いかけてきた。

「おとっつあんは、何か悪いことをしたのでしょうか」

娘として案じるのは、当然だ。

「相手の方を、調べているだけだ」

どう転ぶかは分からないが、凜之助は一応そう答えた。

娘と別れてから考えた。商談は峰崎屋の店でもしただろうが、奉公人にも聞かれたくない話は場所を選ぶはずだ。

密談は、やはり外のどこかではないか。

「そうだ」

大川に面した酒を飲む場所として、凜之助には思い当たる場所があった。峰崎屋が、顧客の接待に使う料理屋で、神尾家用人の廣田や飯嶋をもてなした場所として蛤町と柳橋の二軒を前に当たったことがあった。

早速、蛤町と柳橋の二軒を当たった。

「蔵八さんという棟梁は、おいでになっていませんね」

どちらからも、そう言われた。

「他はないか」

と考えて、佐賀町河岸にある船宿鈴やが思いあたった。

「あそこで密談はないが、送迎はしたかもしれない」

という予想だ。そこで行ってみた。おかみに問いかけると、思いがけない返事があった。

「棟梁の蔵八さんならば、お見えになりましたよ」

「峰崎屋とだな」

「そうです。仕出しの料理を取ってお飲みになって、うちの舟でお送りしました」

鈴やでは、部屋貸しと送迎をしたことになる。

「いつのことだ」

「四月になる直前だったと思います」

「ううむ」

峰崎屋はそのとき、触が出ることは知っていたと見ている。飯嶋から聞いたという想定だ。話の内容は分からない。

仕出しの料理で酒を飲み、一刻ほどを過ごした。酒肴《しゅこう》と送迎の代は、峰崎屋が払ったとか。

「ここで談合が行われたのは間違いない」

凜之助は呟いた。

「他にもここで、もてなしをしたことはないか」

「そういえばありました」

「相手が分かるか」

「職人の親方だったと思います」

大工の棟梁だが、名は分からない。その職人は、舟を使って帰らなかった。それでは知りようがない。

二

目覚めると、久しぶりに雲の割れ目から日差しが漏れて輝いていた。今日は晴れると思うと、ほっとした。

洗面をしている忍谷のもとに、朝比奈屋敷から、朋が再度の発作を起こしたことが伝えられてきた。快癒に向かっていると聞いていたので驚いた。

「私、行ってまいります」

由喜江が言った。孫として、じっとしていられないのだろう。忍谷家には姑はいないから、出るのに面倒なことはなかった。

「お婆様は、三雪さまが見えるのを喜んだそうです」

手早く身支度を整えた由喜江が言った。

「でも長居はせずに帰ったのは、母上に遠慮をしたからだとお考えのようです」

と続けた。

「それが面白くなかったわけだな」

追い返したのかと思った。文ゑならばやりかねない。

「母上は精いっぱいなさっていますが、おばあさまのお気持が、よく分かっていないようにも思います」

「ならばその方が話してやればよいではないか。心の臓の病は、安らぐことが大事だというからな」

娘の由喜江ならば、耳を傾けるかもしれない。何とか危機は脱したにしても、もう一度同じ程度の発作があったら、もう体がもたないと告げられた。朋に可愛がられた由喜江にしてみれば衝撃だったらしい。

　由喜江は忍谷を見送る前に、朝比奈屋敷に急いだ。三歳の娘花がいるが、子守りの娘も連れてのことである。

　屋敷を出た忍谷は、町廻りを済ませてから深川冬木町の峰崎屋へ足を向けた。仙台堀の船着場では、新材が荷船に運び込まれている。人足たちの威勢のいい掛け声が、近づくにつれてはっきり聞こえてきた。

　近寄ると、木の香が鼻を衝いた。新材の荷出しは、人足たちも気持ちがいいのかもしれない。

　店の裏手では、材木の加工がおこなわれているようだ。鋸を引く音が響いていた。殺された豊造も、店は違うが材木職人だった。

「忙しそうだな」

　裏手に廻ると、四、五人の職人の姿があった。忍谷は、鋸を使っていた年嵩の職人に声をかけた。

「へい。梅雨空で、晴れた日は少ないですからね。こういう日にやっておかなくちゃあなりませんや」

　急ぎの仕事でもあるらしい。

「これはどこの仕事か」

「さあ、分かりませんね。おれたちは、満之助さんからこうしろと言われたことをするだけですから」

「そうか」

何か聞けるかと思ったが、当てが外れた。満之助に直に尋ねてもいいが、どこまで正直に言うかは分からない。

この件について、こちらが探っていると気づかれるのも面白くなかった。

「この材木は、いつ運び出すのか」

「明日ですね」

「どうやって運ぶのか」

「船じゃねえですか。霊岸島まで運んでから、あとは荷車で」

焼け跡での普請ではないという。

「どこの船を使うのか」

人を乗せる舟ではないだろう。

「大和町《やまとちょう》の荷船だと思うが」

聞くと深川大和町には、材木を運ぶ船問屋は一軒しかない。周辺には材木屋が多いが、そこでは界隈の材木屋の品をご府内の普請現場近くまで運んでいた。それなりに、求めはあるらしかった。

荷を発送するのは峰崎屋だが、受け取るのは大工の棟梁だとか。船頭の住まいは分かるというので、忍谷は早速行ってみた。
五、六艘の船を横づけできそうな船着場があったが、今は何もなかった。船頭たちは荷運びでいなかったが、中年の女房がいた。でっぷりと肥えていて、膚《はだ》は浅黒い。狸の置物を思わせる風貌だった。
「峰崎屋さんの荷の受け取りが誰かは、分かりますよ」

「明日はどこか」

「神田豊島町《としまちょう》の大工棟梁梅次郎《うめじろう》さんだと聞いていますが」

女房は、運航を記録した綴りに目をやりながら言った。梅次郎の材木は、半月前にも運んだとか。

「浅草駒形町の蔵八の仕事場へも荷を運んでいるな」

「運んでいます」

「他はどうだ」

「鉄砲洲本湊町《てつぽうずほんみなとちょう》の孫兵衛《まごべえ》さんです」

こちらも、焼け跡の普請ではなかった。峰崎屋は、焼け跡の普請場だけでなく、手広くやっていた。

「梅次郎や孫兵衛のところへ行っても、都合の良いことしか話さないだろう」

忍谷は、峰崎屋へ足を向けた。勘五郎や満之助の動きを探ってみようと思った。悪事の裏証文といったものを奪い取れればいいが、それは難しい。店を家探ししてもいいが、何も出なかったら牢屋同心では済まないだろう。無謀なことはしないのが忍谷のやり方だ。

店を見張った。四半刻ほどした頃、店に三十代半ばくらいの中間が姿を見せた。

「はて」

忍谷は、通りにいた峰崎屋の若い手代に問いかけた。武家の中間を見ると、やはり気になる。ここでならばなおさらだ。

「今店に入った中間は、馴染みの御家の者か」

「そうです」

「どこの者か」

「お旗本の神尾様の方です」

「そうか。名は分かるか」

昂る気持ちを押さえながら尋ねた。

「為吉さんといったかと」

「あれがそうか」

忘れはしない名だ。顔を脳裏に焼き付けた。

「伝令のような真似をしているわけだな」

とすると、何が伝えられたのかと考えた。為吉が峰崎屋にいたのは、短い間だけだった。返事を求めたのではなく、伝えただけだと思われた。忍谷は、為吉が引き揚げた後の峰崎屋に目を凝らした。

店の中を覗くと、帳場の奥で勘五郎と満之助が顔を寄せ合って何か話をしていた。

それから何かを手代に命じた。

手代が店を出た。忍谷はこれをつけた。

繁華な馬場《ばば》通りに出た。出向いたのは、一の鳥居を潜った先にある大きな酒屋だった。薦被《こもかぶ》りの四斗の酒樽が、店先に積まれている。

手代は顔馴染みらしい。番頭に、注文をした様子だった。手代がいなくなったところで、忍谷は酒屋に入り番頭に問いかけた。

「峰崎屋は、何を注文したのか」

「灘《なだ》の下り酒です」

極上品の四斗樽だとか。

「峰崎屋が飲むのか」

「いえ。進物として、お届けする品です」

「贈り先はどこか」

番頭は渋った。忍谷は腰の十手に手を触れさせてから続けた。

「おれは、お役目で訊いているんだぜ」

「畏れ入ります。麴町の神尾様というお旗本のお屋敷です」

番頭は、観念したらしかった。

「いつ届けるのだ」

「明日です。明後日に、遠方からお殿様がお戻りになるということでして」

「なるほど」

為吉は、神尾が明後日に江戸へ着くと知らせてきたのだった。

三

三雪は、朋を見舞おうと考えていた。文ゑにとっては、面白くないと予想がつく。だから前回は早めに引き上げたが、朋は不満そうだった。

気になるのは、不満の矛先が自分ではなく文ゑの方に向いているということだった。それは本意ではない。

とはいえ文ゑは、朋を粗末に扱っているのではなかった。それは自分に向けてくる、目の光の柔らかさで分かった。

早く治したいという気持ちは、痛いほどに伝わってきた。我が身を顧みず精いっぱいやっている。

ただその気持ちは、朝比奈家の嫁としての使命感からくるものだという印象はあった。嫁入った者という立場からすれば、当然のことだ。

小石川養生所で医師の手伝いをすることがままあるから、介護の手順は分かっていた。

朋の容態は、よいとはいえない。最適なやり方があると思う。文ゑの看護は適切かどうかは分からないが、治したいという気持ちがあれば、通じることは必ずあると信じていた。

そこへ来客があった。文ゑだというので驚いた。慌てて玄関先に出た。

「これはこれは」

顔を見て、三雪は驚いた。疲労の現れた、深刻な表情だ。いつもならきちんとしている髪に、ほつれがあった。

「いかがなされましたか」

「今朝未明に、新たな発作が起こりました」

「まあ」

怖れていたことだった。詳しい容態を聞いた。大きな波は越えたようだが、意識は戻らない。すべてを聞いたところで、三雪は返した。

「さぞやご心労でございましたでしょう」

看護の経験があるから、文ゑの心労や怯えが分かった。己が看取っている中で起こった、命に関わる発作だった。

胸の負担は大きい。その場で味わった者しか分からない。

「そこで、お頼みしたいことがあります」

わずかに躊躇いを見せながら、文ゑは言った。

「姑が、あなたに会いたがっています」

朋はうわ言で、三雪の名を呼んだそうな。都合のいい折にでも顔出しをしてもらえないかと続け、頭を下げた。いかにも申し訳ないといった様子だった。

これまで文ゑは、三雪にはどこか冷ややかな態度をとっていた。朋の弟子に対しては、皆そうだった。

仕方のないことだと受け入れてきた。

けれども疲れた体で、文ゑはここまでやって来た。礼を尽くして頼んできたのである。

「はい。今すぐに参ります」

「かたじけない。喜ぶでしょう」

そのまま出かけることにした。並んで、急ぎ足で歩いた。道の水溜まりが、日差しを跳ね返して眩しかった。

朝比奈家に着くと、三雪はすぐに病間へ通された。看取りをしていたのは由喜江だった。

「おばあさま、三雪さまが見えましたよ」

由喜江は朋の耳元に顔を寄せて声をかけた。眠っていたかのようにも見えた朋だが、それで目を開けた。少しの間目を凝らし、三雪だと分かると、驚いたような眼差しをしてから笑顔を見せた。

「ああ」

先日より、さらに窶れたと感じた。膚にもつやがない。しかし今すぐ命に危険があるとは感じなかった。

心安らかに過ごすことができれば、徐々に回復に向かうだろう。それは看護者としての勘だった。

朋の表情が、穏やかになった。それは三雪にとっても、喜ばしいことでもあった。

そこまで自分を親しい者として見てくれている。

そして朋は、眠りについた。

「三雪さまのお顔を見て、安堵なされたのですね」

文ゑが言った。口元に笑みがあった。

ここで三雪は、文ゑの心中を慮った。本音としては来てほしくない自分を呼び出したのは、命じられたからではない。

心の臓の治療は、まず心を穏やかにすることが肝要だ。

それが分かっているから、自ら腰を低くして自分のところへやってきた。心の底から快癒を願っての、頼み事だったのだと三雪は受け取った。

それにしても、文ゑの疲労の様子が気になった。

「どうぞお休みくださいませ」

文ゑが倒れてしまっては、どうにもならないと付け足した。

「ありがたいお言葉で」

文ゑが返した。由喜江と共に、二人は病間を出た。

枕元に座った三雪は、しばらく朋の寝顔を見詰めた。乱れのない、寝息の音を聞いた。

半刻ほどして、朋は目を覚ました。

「お具合は、いかがでございますか」

「そなたが来てくれて、すっかり良くなりました」

顔を見てから口にした。

とはいえ、それだけでも言葉にするのはたいへんそうだ。目を閉じて、少ししてから問いかけてきた。

「よく来てくれましたね。文ゑは、嫌な顔をしたやも知れぬが」

「いいえ、そんなことはありません」

顔を近づけた。三雪は、布団から出した朋の手を握って続けた。

「文ゑさまが、わが家へお越しになりました」

「何ゆえか」

「私に顔を出してほしいと」

訪ねて来たときの模様を伝えた。

「そうですか。あの者が」

驚いている。すぐには言葉が出なかった。

「早いご快癒を、お望みのご様子で」

ここで朋は何かを口にしようとしたが、言葉にならなかった。そしてまた眠りに落ちた。深い眠りに見えた。

四

君次郎あたりに命じられたこととはいえ、為吉が神尾の江戸到着日を峰崎屋へ知らせた。到着したことで、新たな動きがあるかもしれない。

その指図が伝えられた可能性もあると、忍谷は考えた。

「すると使い走りは、為吉がしていることになるな」

呟きになった。板橋宿での聞き込みが済んで、こちらとしては捨てておいたが、動きを探るのは意味がありそうだと考えた。

そこで他の峰崎屋の手代に問いかけた。

「先ほどの中間だが、よく話をするのか」

「そのときによりますが」

「忙しそうだったぞ」

「ええ、これから南町奉行所へも寄るような話をしていました」

「なるほど」

飯嶋を訪ねたのだと察した。ともあれ確かめるつもりで、忍谷は南町奉行所へ戻った。

「ええ。旗本家の中間が、飯嶋様を訪ねてきました」

門番に訊くと、そう返された。

さらに建物内で小者に尋ねると、為吉は誰かに言伝《ことづて》るのではなく、直に飯嶋と会って話をして引き上げたと知った。

「そうか」

神尾の江戸到着は、直に耳に入れなくてはならない間柄だということになる。

「その後、与力には変わったことはないか」

「気がつきませんが」

とはいえこうなると、気になった。忍谷はさらに、麴町の神尾屋敷へ足を伸ばした。

「お殿様が、近くお帰りになるらしい。いつもよりも人の出入りが多いようだ」

近くの辻番小屋の番人に声をかけると、そんな返事があった。忍谷は、屋敷の様子を見張った。

為吉が出てきたら、つけて動きを探るつもりだった。

しかし暮れ六つの鐘が鳴っても、為吉の姿は現れない。しかし違う中間が潜り戸から出てきた。渡り者として、前に見た者だ。

忍谷はこれをつけた。行った先は神田雉子町《きじちよう》の裏通りにある、豆腐田楽《でんがく》で酒を飲ませる店だった。何度使ったか分からないような、古材木で建てられた店だ。いく分傾いている。

店の中は、汗と埃のにおいをふんぷんとさせた人足たちが、縁台に腰を下ろして酒を飲んでいた。大きな声で話し、笑っている。

襲って来るにおいで、すぐには酒を飲む気にもなれない。それに堪えながら、ともあれ酒だけは一合注文して中間の様子を窺った。

忍谷は黒羽織を脱いで、酒を飲んでいる。同心の色は消していた。

中間の飲みっぷりを見ていると、相当の酒好きらしい。隣の縁台で飲んでいる人足ふうと、どこかの岡場所の女郎の話を始めた。

忍谷は改めて一升の酒を買うと、中間と同じ縁台に座り直して酒をなみなみと注いでやった。

「いろいろ遊んでいるようだな」

「まあ、そうですねえ」

自慢げだ。

「一人で行くのか」

「一人のときも、仲間を連れてのときもありますぜ」

「仲間も、酒と女が好きなわけだな」

「まあね。旦那だって、嫌いじゃねえでしょう」

けっけと笑った。

「それはそうだ。その酒好きの仲間の名は、何というのかね」

軽い口調で訊いた。空いた盃に、酒を注いでやっている。

「為《ため》ってえけちな野郎ですがね」

「しかし遊ぶには、銭がいるであろう」

「為は、近頃何やら懐具合がいい」

恨めしそうな口ぶりだ。

「儲け口があったのか。けしからぬな、その方を差し置いて」

「まったくだ」

しかしなぜ懐具合がいいかは、分からないらしい。

「懐具合がよくなったのは、いつからか」

酒はどんどん注いでやる。味噌田楽も取ってやった。

「今思うと二年くらい前に、御用人の跡取りと板橋宿へ行った。あのあたりからだな」

これで豊造を斬ったのは、君次郎だとはっきりした。

「板橋宿で、何かあったのか」

「聞いたんだが、あいつそれについては何も言わなかったっけ」

中間は、そのとき板橋宿であった出来事を知らない。江戸では話題にもならなかった。

為吉は、どこまで不正に関わっているかは分からないが、実態を明らかにするについては、欠かせない者なのだと考えた。

そのあとは、屋敷での愚痴話のようなことを訊いたが、こちらの参考になる話は聞けなかった。遠国にいる殿様が近く帰るので、そのため屋敷内の掃除などでこき使われるといった話だ。

中間は、酒がなかなか強い。猪口《ちょこ》に注いでやると、すぐに飲み干してしまう。あれよあれよという間に、一升をほとんど一人で飲んでしまった。ただ酒だと分かって、飲み過ぎたようだ。

「大丈夫か」

立ち上がると、足がふらついている。

「送ってやろう」

恩は売っておく。何かの役に立つかもしれない。

肩を貸してやって、神尾屋敷の門前近くまで行った。すると背後から、足音が聞こえた。すぐにこちらに追いついた。

追い越そうとしたとき、手にある提灯で侍の顔が見えた。君次郎だった。

向こうもこちらに目を向けた。

「その方は」

忍谷に肩を借りた中間に、気づいたらしい。険しい声を投げつけた。

「いったい何をしておる」

中間は、顔を上げた。

「こ、こりゃあ」

君次郎に気づいた中間は、慌てて忍谷から体を離した。これまでが嘘のように、しゃきっとした。酔いも醒めたという感じだ。

そのまま門まで行って、潜り戸を叩いた。

忍谷と君次郎は、目を向け合った。向こうがこちらを知っているかどうかは分からない。

何か言うかと思ったが、相手は何も言わず目を逸らした。そして屋敷の門に向かって歩いて行った。

五

夕刻凜之助が朝比奈家へ帰ると、迎えに出たのは由喜江だった。

文ゑと女中の妙は、疲れがたまったとかで床に伏せていた。手伝いに来た由喜江は、今夜は朝比奈家に泊まる。朝比奈家で育った者だから、台所仕事などの勝手は分かっている。下男の作造に指図をした。

「お加減はいかがですか」

まずは朋の容態を聞いた。

「だいぶ、よいようです」

「それは重畳《ちようじよう》」

とはいえ油断はできない。

「昼間、三雪さまがおいでになっていました」

「訪ねて来てくれたのだな」

「いえ。母上がおいでくださるように、お願いに上がったのです」

「ほう」

それは仰天だ。三雪は、文ゑにとっては相容れない者だと思っていた。自ら出向くというのは、よほどのことだ。

「三雪さまのお顔を見て、おばあさまのお心持ちが穏やかになりました」

「なるほど。三雪殿の力は大きいな」

「いや、それだけではないようだな」

由喜江は小さく首を振った。

「何があったのでしょうか」

「おばあさまが、母上にねぎらいの言葉をかけました」

「何と」

これにはさらに驚いた。朋が、文ゑがしたことでねぎらいの言葉をかけるなど、前代未聞といっていい。

今回のことで、文ゑは朋のために力を尽くしているが、これまでそのことにはまったく触れなかった。

「何があったのでしょうか」

ぜひ聞いておきたい。二羽の牝鶏は、一つの家に住めないと考えていたが、どうやらそうでもなさそうだ。

「三雪さまは、どうやら母上が網原様の屋敷まで出向いたことを、お話になったようです」

「なるほど。それか」

得心がいった。文ゑの行動が、朋の頑なな心を動かしたことになる。

「母上は、無理をしたわけだな」

「無理ではなく、よくなっていただきたかったのだと思います」

二回目の発作は、文ゑが看取っている中で起こった。仕方がないことではあるが、負い目になったのかもしれない。

「もっと素早い動きができなかったかと、ご自分を責めたのかもしれませぬ」

「そのようなことを、口になされたのですか」

「至らなかった、とおっしゃいました」

負けん気の強い文ゑがそのようなことを口にするのは珍しい。実の娘にだからこそ、漏らした言葉だと察しられた。

文ゑの心に、変化が起こっている。

「そうか。ならばこれを機に、互いに受け入れ合う仲になればよいが」

凜之助は胸を撫で下ろした。

眠っている朋を見舞った後、凜之助は松之助と話をした。鳥籠は、完成間近になっている。丁寧な造りで、今回も見事なものに仕上がりそうだ。

細い竹ひごを使ってできたもので、一見華奢に見える。しかし手で押すと傾ぐことはあっても、簡単には崩れない。

松之助は、朋と文ゑの件については由喜江から聞いていた。

「どちらも意地を張るからな」

普段は気持ちを面に出さないが、今夜はいく分安堵した気配があった。父も朋と文ゑの確執を、どうでもいいと思っていたわけではなさそうだ。ただ口で、「仲よくしろ」と言って済む問題ではないので、手を付けられないでいた。

それから凜之助は、一日の調べの結果を伝えた。佐賀町河岸にある船宿鈴やで、峰崎屋の満之助が蔵八をもてなしていた件などである。

夕食を済ませた頃に、忍谷が顔を見せた。

忍谷は為吉を見かけ、そのあと神尾家の中間から聞いた話を伝えてよこした。

「為吉の動きについては、改めて探る必要がありそうだな」

忍谷の話を聞き終えた松之助は言った。

「君次郎は、それがしの顔を知っていたように存じます」

忍谷は確かめたのではなく、その場で感じたという話だった。

「向こうはその方ら二人の顔を、すでに頭に焼き付けているであろう」

「ではあの中間は、どうなりましょう」

「その方と何があったかを、屋敷に入った後で問い詰められたであろう」

中間は、話した内容をすべて伝えたに違いない。

「神尾の江戸到着など、屋敷内のことはこちらに知られたわけだから、忌々しくは思っているさ」

忍谷は鼻で嗤《わら》った。

「ともあれ明後日には、神尾が江戸入りをする。動きは、必ずあるぞ」

松之助の言葉に、凜之助と忍谷は頷いた。明日は町廻りを省略して、朝から神尾屋敷を探る。


翌朝は、未明からしとしとの雨。枯れ始めた道端の紫陽花が、雨に濡れている。

凜之助は奉行所で忍谷と落ち合い、麴町の神尾屋敷を蓑笠《みのかさ》姿で見張った。すると待つ間もなく、君次郎が為吉を供にして屋敷から出てきた。

「よし」

凜之助がつけた。間を空けている。残った忍谷は、他の者の動きを探る。

主従は言葉を交わすこともなく、雨の道を進む。

君次郎が途中でちらと振り返ったが、そのまま進んだ。つけていることを、気づかれずに済んだと思った。

行った先は、麴町の神尾家とは縁続きの旗本の屋敷だった。そのまま見張っていると、為吉だけが出てきた。

ためらわず凜之助は、これをつけた。出向いた先は御用達の太物《ふともの》を商う店だ。

途中、誰かにつけられている気がして振り向いた。念入りに見たが、不審な人の姿は窺えなかった。

その後為吉は、一人で麴町の屋敷に戻った。神尾屋敷には、変化はなかった。

「明日は峰崎屋や飯嶋も、出迎えに姿を見せるのでしょうか」

じっとしていられない凜之助は、見張りを忍谷に任せて、深川北川町の駕籠屋辻竹へ行った。すると明日、昼四つ（午前十時頃）に峰崎屋が二丁の駕籠を予約していることが分かった。神尾を迎えるために勘五郎と満之助が使うのだと察しられた。

神尾屋敷にいた忍谷は、そのまま神尾屋敷を見張った。すると正午近くになって、昨日の中間が出てきた。一人だ。

忍谷は中間に近づいた。屋敷内の様子を聞くつもりだ。

「酔いは醒めたか」

「まあ」

中間は、いかにも迷惑そうな面持ちで答えた。昨日とは、まるで反応が異なった。

「いよいよ明日は、殿様が遠国から帰る。忙しそうだな」

一歩踏み込んだ問いかけをした。

「そういうことは、話せねえんでね」

あっさり言うと、逃げるように足早で行ってしまった。

「やはり昨夜は、よほど搾られたのだな」

忍谷は呟いた。


夜、松之助と凜之助、忍谷の三人は話をした。朋は小康状態を保っている。ぐっすり眠った後の文ゑは、だいぶすっきりした表情になっていた。由喜江が泊まり込むことになって、安堵したのかもしれない。

枕元で、朋と何か話をしていた。

鳥籠は、ほぼ完成していた。細かな部分の、微調整をしていた。

「やつらは、警戒をしています」

「板橋宿の話が出たからではないか」

忍谷の言葉に、凜之助が応じた。

「豊造を殺した件は、向こうにしてみれば探られたくないことであろう」

「触の後の不正な材木の販売の件もありますからね」

「捕らえて、自白させようか」

松之助が言った。強気な発言だった。凜之助は、忍谷と顔を見合わせた。鬼同心と怖れられていたときの動きに近い。

同心として捕らえるのではなかった。とっ捕まえてどこかに閉じ込め、責め立てるのである。自白をさせてしまえば、こちらのものだ。証言の裏を取ればいい。

松之助は過酷な責めで、悪党たちを自白させてきた実績がある。

「いよいよ神尾が帰ってくる。猶予はならないぞ」

と続けた。町奉行に就任したら、凜之助と忍谷はすぐにも牢屋同心に回されるだろう。

凜之助は、兄鉄之助の無念を思う。それは松之助も忍谷も同じだろう。

「このままでは終わらせない」

口に出して言った。

六

翌日、凜之助と忍谷は、町廻りを済ませた昼四つ半（午前十一時頃）、麴町の神尾屋敷の門前からやや離れた物陰に身を置いた。この日は曇天だった。

神尾陣内が屋敷に入る行列を待った。

「やつらにしたら、遠路の旅だ。ほっとして門を潜るのだろう」

忍谷が言った。二人とも、神尾陣内の顔は江戸を出る前に見ていた。屋敷に到着する刻限は分からない。

門前はすでに掃除が済んでいて、塵一つ落ちていなかった。

四つ過ぎあたりに、辻駕籠が二つ到着した。乗って来たのは、峰崎屋勘五郎と満之助だった。紋付に袴を着けている。他にも、出入りの商家の主人や番頭とおぼしい者がやって来た。

「おお。あれは飯嶋じゃねえか」

忍谷は凜之助の肘を突いた。

「次の町奉行の、お迎えだな」

と続けた。嫌味な言い方だ。

「そんなこと、させるものか」

凜之助は言い返した。嫌味でも、聞けば腹が立った。

「それはそうだ」

四半刻もしないうちに、草鞋《わらじ》履きの中間が駆け込んできた。先駆けらしい。中に入ると、重い門扉が軋み音を立てて開かれた。

いよいよ到着するようだ。

凛之助たちも、固唾《かたず》を飲んで行列を待った。

そしてついに、足音が聞こえてきた。屋敷内の者たちが、門前に整列した。その中心に、廣田父子の姿があった。すぐ脇には神妙な顔の飯嶋がいる。町奉行所では、見せない表情だ。

為吉の姿も、列の端にあった。

「お見えになったぞ」

誰かが声を上げた。若党三人を先頭に、二十人ほどの行列が進んでくる。中間によって、二本の槍が立てられていた。馬の蹄《ひづめ》の音が響く。

馬上にいるのが神尾だった。ぴんと背筋を伸ばしている。二年ぶりに見る顔はいく分肥えていたが、ふてぶてしさは変わらなかった。侍が、前後左右を囲んでいる。しんがりには、挟箱《はさみばこ》を担った中間たちがいた。

忍谷は睨みつけるような目を向けている。自分も同じような目をしているだろうと、凛之助は思った。

行列は、門前でいったん止まった。廣田文兵衛が、数歩前に出て声を上げた。

「無事のお帰り、祝着至極《しゅうちゃくしごく》に存じます」

言い終わると頭を下げた。待っていた者たちは、そろって頭を下げた。

「うむ」

馬上の神尾は、満足そうにわずかに頷いて見せた。

そして迎えの一同は、二つに分かれて前を開けた。行列は、隊列のまま屋敷内に入った。

迎えの者たちも屋敷内に入ると、門扉は閉じられた。

「まるで戦に勝って帰って来たようだな。この後、祝いの宴などするのか」

忍谷は忌々し気に言った。

「卑怯な真似をして得た、地位ではないか」

と続けた。凜之助と忍谷は、そのまま長屋門を見詰めた。

半刻ほどで、迎えに出た峰崎屋や飯嶋らは引き上げた。凜之助と忍谷は、為吉を攫《さら》うつもりで屋敷の見張りを続けた。

これが一番の目当てだった。もう一日も先延ばしにはしない。

長屋門の向こうから、談笑する声が聞こえた。当主が遠国から帰国した神尾邸内は、どこか高揚した気配があった。供をしてきた家臣たちは、ほっとして気が緩んでいるかもしれなかった。

為吉が外に出るのを待った。

台所には、祝いとして運ばれた四斗樽の下り酒がいくつも置かれている。普段ならば、めったに口にできない高級酒だ。

酒好きの家臣や中間はそわそわしていた。遠路の旅を終えた家臣たちには、振る舞い酒がある。

そんな中で為吉は、君次郎から用事を頼まれた。

「書状を運んでまいれ。それが済んだら、その方も酒宴に加わるがよかろう」

届け先は、本郷の縁類の旗本屋敷だ。過分な駄賃を渡された。こういうときは、表には出せない用事だと分かる。

人には告げずに行って来いという意味だった。

この仕事は、定雇いの自分だけがやっている。

どこへ行ったかなど、渡り者の若党や中間には話さなかった。屋敷外の者ならばなおさらだ。

　君次郎には、頼りにされていると感じていた。板橋宿へ供をして、とんでもない場面を見せられ、その始末を手伝った。

　驚くほどの銭を受け取った。誰かに漏らせば殺されると察したが、そうでなければこれまでは手にしたことのないような銭を懐にすることができた。

　だから君次郎からの仕事は、喜んでやった。

　用を済ませれば一杯飲めるという、軽い気持ちで屋敷を出た。早く飲みたいので、足早になった。

　神田川に架かる水道橋《すいどうばし》を、北へ渡った。このあたりは、一面に武家地となっている。大名屋敷や旗本の屋敷が並んでいる。

　昼間でも、めったに人には会わなかった。

　しばらく歩いたところで、背後に駆け寄ってくる足音を聞いた。道には、他に人はいない。それで振り返った。

　深編笠を被った侍が近づいて来る。腰の刀に、左手を添えていた。すでに鯉口《こいぐち》を切っているのが分かった。

「ひっ」

　自分を斬ろうとしているのだと分かった。全身から、殺気が迫ってくる。

「ど、どうして」

襲われる理由が、まるで分からない。逃げようと考えたが、足が動かなかった。無理に動かそうとすると、縺《もつ》れて転びそうだった。声を上げようとしても、うまく声が出ないのだ。

瞬く間に、侍は目の前に迫って来た。二、三間（約三・六－五・五メートル）ほどのところで立ち止まると、一気に刀を抜いた。

「た、助けてくれ」

ようやく掠《かす》れた声が出た。侍は、声を上げない。前に踏みだすと、刀を振り被った。頭のてっぺんを目がけて、一撃が振り下ろされてきた。

為吉はやっとのことで、一撃を躱《かわ》すことができた。しかしそれで、体の均衡を失っていた。前にのめりそうになった。

侍は動きを止めず、近づいた状態で切っ先を突き出してきた。

このとき、深編笠の中の侍の顔が見えた。驚愕の声が出た。侍は君次郎だったからだ。

「あぁっ」

直後、体がぶつかった。下腹に、冷たいものが滑り込んでくる。立ってはいられなかった。

そしてほぼ同時に、誰かの叫び声が耳に入った。駆け寄ってくる人の気配もあった。助けが入るのかと思ったが、そのときには何が何だか分からなくなった。


「おい、為吉が出てきたぞ」

忍谷が押し殺した声で言った。凜之助は間を空けてつけようとしたが、少しして深編笠の侍が出てきた。体型からして君次郎だった。

為吉と同じ方向へ歩いて行く。間こそ空いているが、同じ速度で歩いていた。

「何かあるぞ」

君次郎の方をつけることにした。

為吉は、水道橋を北に渡った。君次郎は、同じ道を歩いている。つけているのは明らかだった。

人気のない武家地で、深編笠の侍はいきなり走り出した。腰の刀に手を触れさしている。為吉を斬ろうとしているのは明らかだった。

「おのれっ」

凜之助と忍谷は駆けた。

為吉に追いついた侍は、ものも言わずに斬りかかった。為吉は一度目は躱したが、次の突きは避け切れなかった。

下腹を刺されたようだ。侍は、止めを刺そうとしている。

「待てっ」

凜之助は叫んだ。殺させてしまうわけにはいかない。気づいたときには、走り出していた。

このときには、刀を抜いている。

切っ先を突き出して、深編笠の侍に躍りかかった。為吉に止めを刺していたら、侍は凜之助の一撃を避けられない。

振り向いた侍は、凜之助の一撃を払った。素早い、無駄のない動きだった。さらにこちらの小手を突いてきた。

凜之助はそれを撥ね上げた。足を踏み込んで、肘を打とうとした。

侍はこちらの刀身を払うかと考えたが、後ろへ体を飛ばした。争う気配を見せなかった。

そのまま走り出した。こちらは二人だ。逃げるつもりらしかった。すでに為吉は倒れている。目的を達したと踏んだのか。

追いかけようとしたが、為吉が気になった。目をやると、忍谷が倒れた体に寄り添っていた。

「まだ死んではいないぞ」

鼻に指先を当てた忍谷が言った。濃い血のにおいがする。下腹を刺されたらしく、袢纏がぐっしょりと濡れていた。

侍を追うことはできたが、それは止めた。為吉を助ける方が先だ。このままにはできない。

凛之助は近くの町へ走り、戸板を借りた。為吉を小石川養生所へ運ぶつもりだった。

第五章　一羽の牝鶏

一

松之助は、出来上がった鳥籠を、小石川の小鳥を商う業者のもとへ運んだ。

「いつもながら、丁寧なお仕事で」

初老の主人は揉み手をしながら、いろいろな角度から鳥籠を眺めた。そして納得のゆく代金を払った。

「またお願いをいたしますよ」

その言葉を背中に訊いてから、松之助は湯島三組町《みくみちよう》へ向かった。

朋の病にはどきりとしたが、どうにか治まった。そうなったのは、文ゑの尽力があったからだが、初めは意地だと思った。

しかし再発を機に、文ゑの様子は明らかに変わった。

自分は朋にも文ゑにも頼りにされていないが、嫁姑の仲が好転するのは喜ばしいと感じていた。

家の中が穏やかでないのは、前から分かっている。特に険しくなったのは、鉄之助が亡くなってからだった。もともと朋と文ゑはうまくいっていなかった。しかし鉄之助がいて、どちらにも声掛けをして幾分か、二人の気持ちを鎮めていた。

無骨に見えたが、自分にはできない気配りができた。それには救われた。

また鉄之助は、定町廻り同心としても地道な働きをしていた。実直すぎるところに不安はあったが、それを口にはしなかった。日々の役目の中で、鍛えられてゆくものだと考えていたのである。

それがあっけなく、伝通院の材木入札の不正に関わる探索の中で、鉄之助は命を失った。衝撃を受けたのは、松之助だけではない。朋も文ゑも同じだった。

だからこの件については、並々ならぬ気合を入れていた。

しかしそのとき、飯嶋から奉行永田但馬守の名を出されて止められた。そうなると定町廻り同心の立場では、表向き何もできない。また代々受け継いできた定町廻り同心としての役目を、凜之助に継がせなくてはならないという気持ちもあった。

隠居をした後で、気になる点を洗ったが、核心に迫る手掛かりは得られなかった。

そして二年近くが経ってしまった。

いよいよ神尾が江戸へ戻って来る。町奉行就任は、既定の事実らしかった。知り合いの与力から聞いた。

そうなっては、凜之助も忍谷も牢屋同心に移される。伝通院不正の調べの道は閉ざされる。

表立ってはできないことでも、定町廻り同心だからこそできる調べの手立てはあった。それができなくなる。牢舎内だけの役目だ。

「止めを刺そうということか」

鉄之助の無念は、何があろうと晴らさなくてはならないことだ。これまでは抑えてきたが、今となっては手荒なことも辞さない気持ちになった。

二月に、本郷と湯島一帯を焼く大火があった。材木の値は、一気に高騰した。

公儀は触を出したが、それで材木売買が正常になるとは思えなかった。商人は、どこまでも己の利を求める。儲ける好機を、逃すわけがなかった。

だから触が出た後の峰崎屋の動きには、関心を持っていた。

「何かしてくるぞ」

との気持ちは、ずっとあった。今回忍谷は、何人かの大工棟梁を当たって、不正の仕入れをしていそうな者を探してきた。

そこで松之助は、それぞれの動きを探った。けれども棟梁の口は堅く確かな証拠は得られなかった。話せば己も不正に加担したことになる。

「ならば、調べる手立てを変えよう」

棟梁の下で働いている職人は、不正を見聞きしたところで口にはしない。しかし何かあって配下から出された職人なら、思い当たることがあれば話すと判断したのである。

調べると鉄砲洲本湊町の棟梁孫兵衛の配下職人治助《じすけ》が、四月以降で辞めさせられていると知った。独り立ちした元同僚の職人から聞いたのである。

「辞めさせたのは、何故か」

孫兵衛に訊いた。

「丸に孫の字のついた袢纏を着て酒を飲み、酔って喧嘩をして、他の大工の若棟梁を傷つけました。それでは、置いておけませんよ」

大工職としての信用に関わる。それで辞めさせたというのである。

先代からの子飼いの職人で、腕はよかった。ただ酒癖はよくなかったから、これまでも度々喧嘩騒ぎを起こしていた。いよいよ庇いきれなくなった。

とはいえ孫兵衛配下の職人としては、古株だった。材木の仕入れについても何か知っているのではないかという見込みを立てた。

治助は仕事先を失ったわけだから、恨んでいれば棟梁に不利なことでも話すだろう。

聞いていた長屋に着くと、すでに治助は転居していた。

「数日前に、出ていきましたよ」

子守りをしていた婆さんが言った。

そこで大家のところへ行ったが分からない。職人仲間に尋ねて、ようやく治助に出会うことができた。

日雇い大工をしている昔の知り合いの長屋に転がり込んでいた。

「喧嘩を吹っかけてきたのは、相手の方だった。でもよ、向こうは商売敵の棟梁の家の跡取りだったもんだから、孫兵衛はおれを切りやがったんだ」

「……」

「大事《おおごと》になったら、面倒だってよ」

治助は孫兵衛を恨んでいた。

「ふざけた話だな」

同情してやった。

「まったくよ」

そこで触が出て以降の新材の仕入れについて尋ねた。

「ああ。孫兵衛のやつは、峰崎屋から不正の裏金を払って仕入れていますぜ」

迷いのない口ぶりだった。問われて、喜んでいる気配さえあった。

「証拠があるのか」

恨みに絡んで口にする根拠のない言葉は、受け入れられない。

「おれは持っちゃあいませんがね」

「どこかにあるわけだな」

仕入れに関する二重帳簿があるそうな。

「実際にしたやり取りのものと、お調べが入ったときのために正規の金額にしたものと二通りということですよ」

その折に交わした金額の記された受取証も、孫兵衛は残しているはずだと付け足した。

「それは、帳場に置いてあるのだな」

「そんなところには、あるわけがねえさ」

嘲笑《あざわら》うように言った。

「知っているならば、教えよ」

睨みつけた。びくりとしたところで、小銭も握らせた。

「孫兵衛の寝所の、押入れの中ですよ。中に小簞笥《こだんす》があって、その引き出しのどこかでさあ」

大事なものは、そこへ入れているらしい。

「でも旦那は、それを訴えようっていうんですかい」

「まずいか」

「そりゃあ無理だ」

頓狂《とんきょう》な声になった。

「なぜか」

「向こうには、町奉行所の与力がついている。偉えお旗本もついている。どうにもならねえさ」

握り潰されると考えているようだ。

前に触を破って手鎖になった商人がいたが、次に訴えられた峰崎屋には、何の沙汰もなかった。

「悔しくはないのか」

「そりゃあもう」

「では尋ねるが、与力や偉い旗本については、どこまで知っているのだ」

「詳しいことは知らねえさ。でもよ」

治助が喧嘩騒ぎを起こしたときに、治めるために相手との仲裁に入ったのが南町奉行所の与力だったという。

「与力の名を、覚えているか」

「飯嶋だったと思いますが」

「峰崎屋は、孫兵衛から頼まれた始末を、飯嶋のところへ持ち込んだのだな」

「ええ。峰崎屋は、町奉行所に顔が利く旗本家の用人を知っているということでした」

ありそうな話だった。

「旗本家が関わっているのは、まことか。繋がりがなさそうに思えるが」

と言ってみた。

「あっしもそう思いましたがね、孫兵衛のところへ、どこかの旗本家の中間がやって来ました」

「何か、言伝をしたのだな」

「そういうことで。それで孫兵衛は、峰崎屋へ出向いた」

言伝の内容は、治助には分からない。

中間の歳頃や顔形を訊くと、為吉と重なった。

「為吉は、そこでも使い走りをしていたわけか」

松之助は声に出して言った。

二

戸板に乗せた為吉について、凜之助は忍谷と共に小石川養生所まで行った。

「急げ。しかし乱暴には扱うな」

忍谷が、戸板を運ぶ町の若い衆に声をかけた。

為吉は小さな呻き声を上げている。死んではいなかった。

養生所の玄関先に運び入れた。

「これは」

三雪の父網原善八郎がいて、驚きの声を上げた。これほどの傷は、めったにないと告げた。すぐに医長の小川承舟《おがわしょうしゅう》を呼んだ。

手当が行われた。傷口が縫われた。

「出血が多いので、命の保証はできませぬな」

術後、小川は言った。額に脂汗が浮いていた。

為吉には、意識がない。凜之助には、証言をさせたいことがいくつもあった。はらはらしながら、痛みで歪む顔を見詰めた。

「まだ生きている」

それが救いだった。廣田父子は、口封じをしたのである。

君次郎は、酔って忍谷に屋敷まで担われた中間を問い詰めたのは間違いなかった。交わした会話のすべてを、喋らせたことだろう。

そこで二年前の板橋宿での出来事、豊造殺しについて、こちらが知っていることに気づいた。さぞかし驚いたことだろう。

昨日は為吉らをつけたが、あれはこちらを試したのではないかと凜之助は思った。為吉をつけている自分が、誰かにつけられているのではないかと感じた。

振り返ったとき、不審な者の姿を見つけられなかったが、それはこちらの注意不足に他ならない。

何であれ君次郎らは、こちらが為吉に目をつけていることを確信した。便利使いをしてきた者だが、証言されては困ることが少なからずあった。

ならばいっそ殺してしまおうと、腹を決めたと思われる。死人に口なしだ。何かあって、余計なことを喋られてはかなわない。

殺したところで、どうということもない者だ。凛之助は事の次第を、養生所の下男を使って、朝比奈屋敷の松之助に伝えた。

夕暮れどきになっても、為吉は目を覚まさない。顔は、土気色《つちけいろ》に近かった。

「このまま、何も聞けずに死なれてしまうのか」

凛之助は、それが恐ろしかった。やっと手に入れた、重要な証人だ。

暮れ六つの鐘が鳴る頃になって、知らせを受けた松之助が駆けつけてきた。凛之助と忍谷の三人で、枕元に座った。寝顔を見詰めた。

時折、苦し気な顔になる。そのたびに、凛之助は怯えた。

「生きてくれ」

と願った。小川と網原が顔を見せた。このときだ、為吉に変化があった。

「ううっ」

声を漏らした。小川が脈をとった。息が荒くなって、薄く目を開いた。

「こ、ここは」

やっと聞き取ることができる掠れた声だった。

「小石川養生所だ」

小川が耳に口を近づけて答えた。為吉は、薄く目を開けた。ここで凜之助が、たまらなくなって問いかけをした。

「その方に斬りかかってきたのは、君次郎だな」

まずは確かめなくてはならない。為吉は、すぐには返事をしなかった。何を言われたのか、聞き取れなかったのかもしれない。

凜之助はもう一度、耳元に顔を寄せてゆっくりと伝えた。

これは聞き取れたらしい。薄く開いた目を向けた。

「そ、そうだ」

苦痛に歪んだ顔で答えた。一同は顔を見合わせた。

「板橋宿で、豊造なる煙管職人が、殺された。おまえも、一緒にいたのか」

ゆっくりと、耳元で問いかけを続けた。

為吉は、それでわずかに唇を震わせた。

「おれたちは、賊からおまえを救った。これからもだ」

囁きを続けた。すると為吉の目に、涙が浮かんだ。

「み、見ていた」

「君次郎が、斬り捨てるところをだな」

「そ、そうだ。斬った後、ど、土手に運ぶのを、二人で、やった。か、返り血が、つかねえように」

君次郎は、返り血がつかないように斬ったということだ。

為吉は、これだけ答えるのでも、苦しそうだ。しかし襲われたことへの恨みと怒りがある。残りの命を、振り絞っているかにも見えた。

「それから廣田父子の、悪事の手伝いをするようになったのだな」

「そ、そうだ。あいつらは、金もうけのために、峰崎屋と組んでいた」

問いかけても、すぐに返事があるわけではない。辛抱強く、押し出される言葉を待った。

「何をした」

「お、王子の料理屋へ、供を、した、ことがある。それから、用人と、み、峰崎屋の、繋ぎを、とったんだ」

佐賀町河岸の船宿鈴やへも行ったとか。

「四月の、触が出た後の密談だな」

頷いた。掠れた声が、さらに聞き取りにくくなった。凜之助は耳を近づけた。

「お、おれは、飯嶋にも、金子を運んだ。き、気づかれねえ、ように」

「峰崎屋からの金だな」

「ああ。あそこの番頭や、奉公人が行ったら、あ、怪しまれる」

ここまでがやっとだった。さらに何か言おうとしたが、声にならない。

「しっかりしろ」

凜之助が声をかけた。

為吉の体から、精気が抜けてゆくのが分かった。もう、何を問いかけても反応がなくなった。

わずかに苦しむ表情を見せたところでこと切れた。

「おい。為吉」

忍谷が体を揺すったが、体ががくがくと動いただけだった。小川が腕を取って脈を測り、首を横に振った。

「せっかくの生き証人だったはずなのに」

凜之助の口から漏れた。込み上げる怒りと悔しさが、胸中で渦を巻いている。

「これでは、どうにもならないな」

忍谷は、気落ちしたように言った。生きていてこその証人だ。こちらが何を言っても、神尾や峰崎屋は受け入れないだろう。飯嶋は、誣告《ぶこく》をなすものとして責めてくるかもしれない。

「しかしこの機を逃しては、やつらを捕らえる手はないぞ」

と言った松之助は、腕組みをして何か考えている。その通りだ。凜之助も考えた。今、できることはないか、という点でだ。

そこで一つの考えが頭に浮かんだ。

「為吉を、まだ生きていることにしたらいかがでしょう」

「えっ」

何を言い出すのかと、忍谷が凜之助に目を向けた。凜之助は、頭にあることを口にした。

「死人に、証言をしてもらうのです」

破れかぶれの考えだが、今ならば通じそうだ。

「うむ。行けるかもしれぬぞ」

ここで松之助が頷いた。不敵な嗤いを口元に浮かべている。

「為吉が亡くなったことは、ここにいる者しか知らぬ。生きていることにするわけだな」

「そうです。向こうは、捨て置けなくなります」

凛之助は応じた。これしか手はないと感じている。

「どう、やっていきますか」

忍谷も、納得をしたらしかった。

「一同、顔を寄せていただこう」

声を落とした松之助が言った。網原と小川は席をはずそうと言ったが、この二人は口が堅い。話を聞いて力を貸してほしいと、松之助は返した。

急がなくてはならない。一同は、顔を寄せ合って打ち合わせをした。

三

翌朝は、降っているかと思うと雨は止んでいる、止んだかと思うとまた降り始める、不安定な空模様だった。変わらないのは、蒸し暑さだ。

凛之助は昼すぎ南町奉行所で、飯嶋と対面をした。行ってすぐ申し出て、対面できたのは半刻後だった。

為吉が斬られた件については、公式には町奉行所に伝えられていなかった。神尾家の奉公人だから、町奉行所では伝えられても何もしないだろう。

ただ飯嶋は耳にしていると察していた。

「忙しい。手短に申せ」

飯嶋はいつものように、冷ややかな態度だった。ぱたぱたと、しきりに扇子を使っている。そしてこちらが口を開く前に続けた。

「その方、余計な動きをしているようだな。とうに終わったことを蒸し返して、何になる」

嘲笑う気配もあった。

「終わったことではございませぬ」

胸を張って答えた。今日が勝負だと思っている。

「ふん。じきに、そのようなことはできぬようになるぞ」

その言葉にはかまわず、凜之助は懐から携えてきた一通の書状を出した。手に持ったまま言った。

「昨日、お旗本神尾家の中間為吉が、賊に襲われ斬られましてございます」

「それがどうした」

どうでもいいという口ぶりだが、慎重な目になった。出来事については、やはり聞いているらしかった。ならばこちらが告げようとしていることについては、気になっているはずだった。

「斬られた直後に、それがしどもで身柄を確保いたしました」

「……」

「念入りな手当てをいたしましたところ、夜半に意識を取り戻しましてございます」

「命を取り留めたというのか」

「さようで。安堵いたしました。話もどうにかできるようになりましてございます」

賊は取り逃がしたが、迅速な手当てができたと付け足した。

「ううむ」

苦々し気な顔になった。

「この書状は、わが父松之助から、飯嶋様にお渡しするようにと告げられて持参いたしたものでございます」

書状を差し出した。

「これと同じものを、忍谷殿は朝の内に御目付様のところへ持参しております」

「何だと」

これには驚いたらしかった。扇子を使っていた手が止まった。凜之助は、淡々と続けた。

「中間とはいえ、旗本家の奉公人でございます」

もちろん商人も関わっているので、町奉行にも伝えたい趣旨であると言い足した。神尾家に行かないのは、握り潰されるだけだからだ。一番相手が困る相手を選ぶ。目付は、旗本御家人を監察する役目だ。

飯嶋は、書状を手に取った。読み進めるうちに、さらに険しい表情になった。

ことの起こりは、伝通院改築に関する入札不正の調べを朝比奈鉄之助が行ったことに始まる。鉄之助は角材や板材の下敷きになって命を失った。その材木の転倒防止のための縄はほどけたのではなく、刃物で切った跡があったと証言したのは豊造だが行方知れずになった。

それを捜し出したが、辿り着いたときには板橋宿で惨殺されていた。

斬ったのが神尾家の廣田君次郎であると、為吉が証言したという趣旨である。自分に斬りつけたのも君次郎で、そのことを為吉は公儀に訴えたいとしていた。

また書状には、為吉が峰崎屋からの金子を飯嶋のもとへ届けたことについても記していた。触に反した、材木販売が行われた事実についてだ。

これらが明らかになれば、飯嶋にも調べが及ぶことになる。読み進むにつれて、書状を持つ飯嶋の指先が微かに震えたのが分かった。

「為吉は重い傷を負っていますが、御目付屋敷へ参って、ことのすべてを証言したいと話しております」

「ううむ。その方、脅しているつもりか」

呻き声になった。目からは怒りが溢れ出てきている。

「いえ、真実を明らかにしたいだけでございます」

「ふん。中間ごときが何を言おうと、信じる者はおらぬ」

吐き捨てるように言った。

「重傷の為吉は、命懸けで訴えをいたします。御目付としては、話を聞かぬわけにはいかぬでしょう」

襲撃があったのは間違いがない。町の者が斬られた体を、戸板に乗せて運んだ。

「門前で追い返したら」

「事態の詳細を記した読売《よみうり》が、江戸市中で売られまする」

その手筈は調えられている。逃げることはできないと凜之助は告げていた。

為吉が、斬られたことは間違いない。手当をしたのは小石川養生所の小川承舟であること、話は網原善八郎も聞いている。板橋宿にも、死体は上がっており君次郎と為吉を見た者がいると伝えた。

「為吉は、生き証人でございます」

「おのれっ」

峰崎屋と神尾家は、この件に大きく関わっている。調べられるとなったら、町奉行就任どころではなくなる。この企みは、発案した凜之助が中心になって、練りに練ったものだった。

為吉を襲ったのは、死人に口なしとするためだった。けれども生きているとなれば、口はこちらにある。

「忍谷殿は御目付様より、明朝お屋敷まで為吉を伴って訪ねてよいというお許しをいただきました」

「……」

神尾は旗本の実力者だが、気にくわないと考えている御大身もいる。目付は十名いた。松之助が、そういう目付を選んで、忍谷に行かせた。

「明朝は為吉と共に、御目付屋敷へ向かいまする」

「勝手な真似をするな。為吉は、今すぐ町奉行所へ連れてこい」

威圧的な声だった。

「すでに、御目付様の指図を受けております」

凛之助はそこまで言うと、畳に両手をついて頭を下げた。そして部屋を出た。

「種は蒔《ま》いた」

という気持ちだった。

飯嶋が何か言ったが、もう振り返らなかった。汗が一気に噴き出した。

凛之助は同心詰所から、玄関先を窺った。少しして、飯嶋の手先が慌てた様子で出て行くのを確かめた。

もう後はつけない。神尾屋敷か峰崎屋へ行ったのに違いなかった。


日暮れになって、凛之助は養生所にいた。すると見習い医師がやって来た。

「いま、中年の商人ふうに問いかけを受けました。見たことのない顔で」

「ほう」

「昨日、斬られて運ばれた中間ふうは無事かと訊かれました」

「そうか。何と答えた」

「命は取りとめたと」

外の誰かから問われたら、そう告げるようにと網原が命じていた。満之助あたりが、確かめに来たのだと察しられた。

四

次の日は、早朝から雨だった。小石川養生所で一晩泊まった凜之助は、忍谷や松之助とで荷車を用意した。

寝かせたまま連れてゆく形だ。荷車には幌をかけ、為吉の体が濡れないようにした。

荷車を引くのは、朝比奈家の下男作造と忍谷家の下男である。警固に就くのは、凜之助と松之助、それに忍谷と網原善八郎だ。医師として小川承舟も同道する。

あくまでも為吉は、まだ生きている者としての対応だ。

「道中やつらは、襲って来るでしょうか」

考えたのは凜之助だが、必ず現れるかどうかは分からない。

「来るさ。嫌疑がかかるだけで、神尾の町奉行就任は先送りになる」

誰もが狙っている役職だと忍谷は続けた。他の者が町奉行職に就いたら、当分はお鉢が回ってこない。

「飯嶋も金子を得て、不正を見逃していたとなったら、腹を切るだけでは済みません」

「そういうことだ」

為吉を生きていることにするから、敵は動く。

「おまえにしては、上出来だ」

忍谷は褒めた。偉そうな口ぶりだし、まだうまくいったわけではなかった。嬉しくはない。

「もし現れなかったらどうしましょうか」

万一を踏まえて、凜之助は松之助に問いかけた。

「そのときは、道すがら亡くなったとすればよかろう。それだけの思いを伝えたかったのだと、我らが訴えるまでだ」

どう転がるかは分からない。ただここまできたら、引き返す道はないと凜之助は腹を括った。

一番の問題は、為吉の遺体を奪い取られてしまうことだ。そうなると、物証はなくなる。

どのみち目付屋敷に着いたときには、為吉は死んでいることになる。敵にしてみたら、生死は大事だが為吉の体を奪い取ることを何よりも目指すはずだった。

蓑笠を付けた凜之助ら七人は、為吉を載せた荷車と共に、雨中小石川養生所を出た。水溜まりを、車輪がはじいた。

目付屋敷に着くには半刻早いが、襲撃後のことを考えてそうした。ゆっくり進む。こちらが出発したことを、敵に伝えなくてはならない。見張りの者には気付かなかったが、いたのは間違いない。今頃は走っていることだろう。

先頭を歩く凜之助は、周囲に目を凝らした。襲って来るのは、武家地のどこかだ。本郷の、人気のないあたりまでやって来た。

このあたりは火事に見舞われなかった。

荷車は進んで行く。そして人気のない道で、凜之助は飛んでくる羽の音を聞いた。

「あっ」

予想もしないことだった。雨中を貫いた矢が、荷車の幌を目指して飛んできたのである。一行は、そこで止まった。

「ああっ」

凛之助には、どうすることもできない。しかし傍にいた松之助が、抜いた刀で払い落した。

するとすぐに、二の矢が飛んできた。これも松之助が、同じように払った。前方彼方に、弓を手にした侍がいた。

「おのれっ」

こちらは、襲ってきた者を捕らえるつもりだった。その中には、君次郎をはじめとする神尾家の家臣、そして飯嶋がいると踏んでいた。

しかしこれでは、捕らえることができない。

「何の」

凛之助はその侍を目がけて走ろうとしたが、ここで棍棒や突く棒、長脇差を手にした破落戸たち十名ほどが現れた。

「やっ」

前に出た凛之助は、先頭にいた一人を斬り倒した。容赦はしなかった。忍谷と網原も刀を抜いた。忍谷も、長脇差を手にした破落戸ふうを斬った。

「わあっ」

破落戸たちは、瞬く間に二人が斬られて、勢いを削がれた様子だった。しかしここで、覆面に蓑笠をつけた数人の侍も現れた。すでに刀を抜いている。

その間にも、矢が飛んできた。

松之助は、その矢を払った。そして侍の一人と対峙した。こうなると、矢を払うことが難しくなった。一本の矢が、幌に突き刺さった。

ただこのときには、忍谷が弓を射る侍に駆け寄っていた。

凜之助の面前にも、覆面の侍が現れた。水溜まりを撥ね散らしている。

雨に濡れた刀身が、凜之助の肩先を襲ってきた。勢いのある一撃だ。

「何の」

体を横に飛ばしながら、凜之助は一撃を払った。敵の右肩が、目の前にある。地べたを足で踏みつけて、切っ先を前に突き出した。

肩の骨を砕く狙いだ。覆面で顔は分からないが、体型つきからして君次郎ではないかと思われた。

殺すつもりはないが、それくらいはかまわないと思った。

だがこちらの突きは、いとも容易く跳ね上げられた。一瞬の後には、相手の体は正面にあった。

凜之助の切っ先を払った刀身は、中空を回転して、凜之助の脳天を目指して落ちてきた。

斜め前に出ながら刀身で躱そうとすると、敵の体も横に動いた。刀身はすっと引かれて、すぐに正面からの突きに変わっていた。

喉首を裁《た》つ勢いだ。

「とう」

やっとのことで、凜之助は敵の一撃を凌《しの》いだ。泥濘《ぬかるみ》に足を取られて滑りそうになったが、どうにか踏ん張れた。

肩がぶつかってすれ違い、再び向かい合う形になった。

相手は、なかなかの遣い手だ。こちらを餌食にしようと、猛禽《もうきん》のような目を向けている。

相正眼《あいせいがん》になったが、相手の動きは止まらなかった。泥濘を蹴ると、切っ先が鼻先を目指して飛んできた。

凜之助も前に踏み出した。引いてはそのまま突かれる。負けずにこちらも突き出した。刀身と刀身がぶつかって擦れ合った。そこから小手を打とうとしたが、避けられた。

逆にこちらの肘を突いてきた。

わずかな動きも、やり過ごさない。攻撃に転じてきた。

凛之助はこれを払った。しかしその動きに、微かな無駄があった。雨水が、目に入ったのである。

「くたばれ」

敵の一撃が、斜めに肩を目指して落ちてきた。袈裟に斬る狙いだ。

凛之助は身構えたが、微かな遅れがあった。

「やられる」

と感じた。だが迫ってくる刀身に、ぶれがあった。相手は泥濘に、足を滑らせたらしかった。

危機が好機になった。それを逃がさない。

「たあっ」

凛之助は、一撃を払った刀身を相手の二の腕を目指して突き出した。無理な姿勢の相手は、この切っ先を避けることができなかった。

手に、肉を裁った手応えが伝わってきた。

「ううっ」

呻き声と共に、相手の刀が雨の中を飛んだ。凛之助は止めの一撃を、相手の肩に打ち下ろした。殺すつもりはないから、峰にしている。それでも鎖骨が折れたのが分かった。

相手の体が、前のめりになって泥濘に倒れた。

駆け寄って、顔に巻かれた布を剝ぎ取った。苦痛に歪んだ、君次郎の顔があった。

凜之助は、ようやく周囲を見回すことができた。

弓を射た者を倒したのは、忍谷らしい。道端に倒れていた。肩を打たれて呻いている。

そして忍谷は、その近くでもう一人の侍を倒したところだった。太腿をざっくりやっている。

顔の布を取ると、廣田文兵衛だった。

松之助も覆面の侍と対峙をしていた。この相手も、なかなかの遣い手のようだ。

とはいえ、松之助の方が攻め込んでいた。ついに松之助の一撃が、相手の肩先に食い込んだ。

このとき凜之助は、やや離れたところで、蓑笠を付けた男がこの場から逃げ去ろうとしている姿を目にした。侍ではない。

「待て」

逃がすわけにはいかない。襲撃の一味に違いなかった。

水溜まりを撥ね飛ばして駆けた。逃げる男は慌てていた。泥濘に滑って転んだ。立ち上がろうとして、また足が滑った。

凛之助がそこへ駆け寄った。力を入れて腕を摑み、後ろに捩《ね》じり上げた。男はそれで、身動きができなくなった。

顔の布を剝ぎ取った。男は満之助だった。

凛之助は、男の腕を捩じり上げたまま、荷車のところまで戻った。このときにはすでに、捕らえた者たちには、縄が架けられていた。襲ってきた者たちで、致命傷を負った者はいなかった。

松之助が倒したのは、飯嶋だった。顔を歪めている。凛之助とは、目を合わさなかった。

「これでいい」

松之助は言った。

襲撃犯として、君次郎と文兵衛、飯嶋と満之助を捕らえることができたのである。

他にも弓を射た者を含めた侍三人と数人の破落戸を捕らえた。

侍は神尾家の家臣で、見張っていたときに、屋敷に出入りする姿を見た者がいた。

五

凜之助は、近くの町の舂米屋《つきごめや》の空き倉庫を借りて、為吉の荷車と共に捕らえた者をとりあえず収容した。目付屋敷に連れて行く前に、それなりの供述を得ておきたかった。

為吉は襲われた衝撃で亡くなった形にする。これはかねて打ち合わせていた通りだ。矢が幌に当たったのはちょうどよかった。

怪我人の応急手当は、小川が手早くおこなった。

矢を射た侍など神尾家の家臣から、凜之助が尋問を始める。

「謂《いわ》れのないことで、当家を貶《おとし》めようとしている者と聞いた」

侍たちは、口にした。廣田父子にお家の大事として事に加わるように命じられた。

詳細は分からないが、用人の言葉ならば断われない。京から戻ったばかりの侍もいた。

破落戸たちは、満之助から銭で雇われた。襲撃の意味も事情も伝えられていなかった。

「駄賃がよかった」

それだけの理由で襲ってきた者たちだった。早々に逃げ出していた者もいた。

次に君次郎に問いかけた。

「為吉は、豊造を斬った場にいた。生かしてはおけぬと、二度にわたって襲ったわけだな」

「はて、何のことやら」

一度はとぼけたが、襲撃に加わっていた事実は覆せない。

「そうだ」

悔しそうに頷いた。ここでは、認めるしかない状況だ。

「一昨日は、止めを刺そうとしていたな」

凛之助らが、それをさせなかった。

「斬り捨てたと思ったが、生きていると聞いた」

死なせたかどうかは、はっきりしなかった。

「そこで昨夜、満之助を小石川養生所へ行かせて、生死を確かめたわけだな」

「手応えはあったのだが」

無念という顔だ。為吉を殺し損ねたことについてのようだ。

「いろいろと利用したわけだな」

「豊造を板橋宿で捜し出し、殺しも手伝わせた。飯嶋に、金子を渡すのまでやらせた。しょせんは卑しい者だ」

「だが定雇いの者ではないか」

「確かにあやつは、渡り者とは違って口が堅かった。しかしな、いざとなれば、どう動くか分からぬやつだ」

「それで口封じをしようとしたわけだな」

黙ったまま頷いた。

「しかし板橋宿のことまで炙り出されたのは驚いた」

と漏らした。これが一番、驚きだったらしい。

もう一人の中間が、酔って為吉の動きを問われた。板橋宿のことまで、話が及んだと聞いた。

「為吉は、知り過ぎたと考えたのか」

「そうだ。もう、生かしておく利はない」

「京から殿様が帰る。役替えもあるゆえに、早い始末をしようと図ったわけか」

君次郎は返事をしないが、否定もしなかった。

「豊造には、金をやって証言を変えさせたのだな」

これも、はっきりさせておかなくてはならない。その証言がなければ、向こうは事故死にできる。

「切り口の残った縄は、町奉行所が引き取った。縄の始末をしたのは、飯嶋だな」

「あやつは、すでにこちらになびいていた。金子を渡し、王子などでも饗応をしてやったからな」

町奉行所の与力でも、下に見ていた。

豊造が江戸を離れたのは、都合がよかった。証拠の隠滅を図ったのである。金子は、峰崎屋が出した。

伝通院の仕事を請け負って以来、材木の扱い量は増えていた。公儀の御用を受けたという実績は大きかった。飯嶋が背後にいるとなったから、多少のことがあっても、どうにかなると思っていた。

「豊造は、金で証言を変える者だった。あやつを信じてはいなかった」

それで一度は江戸から出したが、居場所を捜して板橋宿まで行ったと分かった。

「なぜ臼杵屋の材木置き場を使ったのか」

「鉄之助は、満之助の動きを洗っていた。あやつは、なかなかのやり手だった。こちらが触れられたくないところに、顔を出してきた」

このままでは面倒なことになるとして、命を奪うことを決めた。

「満之助はつけられていることを利用して、臼杵屋の材木置き場に誘き出したのだ。満之助が、臼杵屋にどのような企みを持っているかと気になったのだろう」

「縄を切ったのは、誰か」

「それは」

君次郎は言い淀んだ。凜之助が厳しく問い質したが口を割らない。するとここで松之助が口を挟んだ。

「ここはどのみち目付から問われる。隠せば、その方も父も、腹を切るだけではすまぬ。その方には、四歳の倅がいるというではないか」

と脅した。それで君次郎の心が動いたらしかった。

「飯嶋だ」

「なるほど」

飯嶋は、鉄之助の探索がわが手に伸びるのを怖れていた。満之助と飯嶋が仕組んだのである。

次に凜之助は、満之助に問いかけをした。

まずは伝通院の入札に関する点から始める。落札の前日までに、希望者は入札額を記した書類を封印し作事奉行に提出した。一晩は、作事奉行所内の錠前のかかった蔵に納められる。

夜半、鍵を開け臼杵屋の入札額を検め、峰崎屋の空欄にしていた入札額を書き入れることは、奉行や一部の作事方にはできた。

「やったのは、誰か」

ここまできては、庇っても意味はないぞと脅した。

「御用人様です」

「廣田文兵衛が、神尾から鍵を借り受けたわけだな」

「そうです」

廣田父子ならば、作事奉行所内へ入るなど容易いことだった。四月一日に出た触についても、問いかけた。

「多くの材木屋は売り惜しみをいたしました」

「峰崎屋は、その隙に裏金を得て儲けようとしたわけか」

「さようで。飯嶋様が背後にいるということで、こちらは大船に乗ったつもりでいたのですが」

満之助は唇を嚙んだ。

「神尾家には、ずいぶん貢いだのであろう」

「お役に就くためのお手伝いをさせていただきました」

「商いは大きくなったようだが、悪運が尽きたということだな」

凛之助が冷ややかに告げると、満之助は体を強張らせて何か言おうとしたが、言葉にはならなかった。

ここで凛之助らは、捕らえた者と為吉の遺体を載せた荷車を、目付屋敷に運んだ。

「これは」

目付は襲撃に驚いた様子だったが、その遺体を確かめた。

「養生所を出た折には、息も意識もありました。襲撃によって亡くなったと診立てまする」

小川が証言した。

その顚末《てんまつ》や得られた証言については、忍谷が報告をした。襲った事実は動かせないから、目付はそれを前提に取り調べを行った。

廣田父子と飯嶋、満之助は、目付に対してすべての容疑を認めた。事前の証言もあった。

その日の内に、神尾陣内と峰崎屋勘五郎も目付屋敷に呼ばれた。

神尾は知らぬ間の出来事として、関与はなかったことを主張した。廣田父子も、神尾は知らないことだったと主張をした。

家臣が起こした犯罪ということになりそうだった。

勘五郎も関与を否定したが、王子を始めとする料理屋で、廣田父子や飯嶋と会っていることから、関わりがなかったとはならなかった。君次郎や飯嶋の証言もあった。

伝通院改築の材木入札にまつわる不正から端を発した事件は、ようやく解決を見た。

また忍谷はこの後、鉄砲洲本湊町の棟梁孫兵衛の家へ踏み込んだ。孫兵衛の寝所の押入の中にある小簞笥から、不正の帳簿を取り上げた。

六

凜之助は、松之助と共に朝比奈屋敷へ戻った。すでにそろそろ暮れ六つの鐘が鳴る頃になっていた。雨は止んでいた。

文ゑは朋のために三雪を訪ねるなどして、精いっぱいの対応をした。それが伝わって、一度は発作が再発したが、その後は順調に回復の様子を辿っていた。

朋の二度にわたる発作には驚かされたが、そのおかげで、母と祖母がこれまでにない良好な関係になった。これは朝比奈家にとっては喜ばしいことだった。

玄関式台で凜之助が帰宅の声を上げると、文ゑが飛び出してきた。

「お姿様の具合は、いかがでございまするか」

鉄之助の事件について、今日対応することは伝えていた。松之助が隠居をしてから、屋敷内では一切その話題を口にすることはなかったが、案じていたのは明らかだった。

凜之助は、廣田父子や峰崎屋、飯嶋らを目付屋敷に運んだ顛末を話した。

「それはよかった」

背筋を震わせ、目に涙をためて文ゑは言った。そして続けた。

「義母上さまも、どうなったかと穏やかではない気持ちでおいでです」

文ゑは凜之助と松之助を、手を引かんばかりに朋の病間へ連れて行った。

「鉄之助を陥れた奸賊どもを捕らえたそうでございますよ」

「まことに。では鉄之助どのの仇を討ってくれたわけですね」

朋はもう、はっきりと会話ができた。

「無念を、晴らしましてございます」

凜之助が応じた。

「晴れ晴れとした気持ちです」

「ほんに、ほんに」

朋と文ゑは、手を取り合って泣いた。滂沱《ぼうだ》たる涙だった。

鉄之助を失った悲しみは、どちらの胸にも大きなわだかまりになって残っていたのだと分かった。奸賊を捕らえたところで鉄之助が戻ってくるわけではないが、けじめになったのは明らかだ。

今夜久々に、朝比奈家四人の心が一つになった。気持ちが治まったところで、凜之助が大まかな流れについて話した。

「よい話を聞いて、病もすっかり快癒した気がいたします」

「何よりでございます」

朋と文ゑは慈愛のこもった目で見つめ合い、頷き合ってから顔に笑みを浮かべた。これまでのわだかまりは、微塵も窺えなかった。

そこへ忍谷と由喜江も姿を見せた。ここで松之助と忍谷、凜之助の三人は祝いの酒を飲むことになった。

朋と文ゑの提案だった。

「そういたそう」

松之助の顔にも、ほっとした気配があった。楽しい酒宴だった。仏壇にも酒を供えた。鉄之助も、いける口だった。

六月になって、梅雨が明けた。炎天が江戸の町を照らしていた。蝉の音が、絶え間なくどこかから聞こえてくるようになった。

町廻りから奉行所へ戻った凜之助は、忍谷から呼ばれた。忍谷は炎天の町廻りを、今日はやらなかったらしい。相変わらず手抜きをしているらしかった。

「今の奉行永田但馬守は転任となる」

これは前から噂になっていた。そこで後任は、神尾だという話になっていた。

「後任は誰に」

「日光《にっこう》奉行を務めていた旗本だそうな」

忍谷は地獄耳だ。町廻りよりも、そちらに優れている。面白いと思えば、密談にも壁を隔てて耳を傾ける。

「神尾や廣田父子はどうなるのでしょうか」

目付に召喚されて、その後どう処分されたのかは不明だった。

「神尾は四十一歳で隠居となり、上州《じょうしゅう》の知行地で永蟄居《えいちっきょ》となるらしい」

「二度と江戸へ出てくることは、できないわけですね」

いる。

「そういうことだ」

監督不行き届きという咎だ。廣田父子は、捕らえた翌々日には腹を切ったと聞いている。

「町奉行就任どころではなくなりましたね」

「当然だ。さすがに監督不行き届きでは切腹などないが、神尾家断絶の話も出たそうな」

「それでどうなるのでしょう」

鉄之助の命を奪った張本人だ。永蟄居だけでは許せない気持ちだった。鉄之助の命と将来を奪ったのは明らかだ。

「減封《げんぽう》となるようだ」

「どの程度の」

神尾家は家禄二千五百石だ。

「四百石となる模様だ」

六分の一以下になる。しかしそれでも凜之助にとっては、鉄之助の命を思えば、得心が行くものではなかった。

「とはいえ、受け入れないわけにはいきませんね」

君次郎には跡取りの倅がいた。四百石の家ならば、用人としてそのまま奉公ができるだろう。二千五百石の御家とは比べ物にもなるまいが、浪人の身にはならなくて済む。

「飯嶋は切腹で、跡を継ぐことができなくなりましたね」

これは二日前に耳にした。

「町奉行所の与力としては、言語道断の振る舞いだったわけだからな」

「仕方がなかろう」

「飯嶋は、父上に調べから手を引くようにと、今の奉行の名を出していました」

「そうだったな。奉行の永田但馬守は、名を出すことに同意したのであろう」

「その件は、どうにもならぬのでしょうか」

「不正に手を貸した証拠はない。名を出したのも、飯嶋が勝手にしたことになる」

「では、沙汰なしですね」

「まあな」

何もせず無事に任期を終えて、次の役に就く。

「悔しいです」

これが凜之助の本音だ。

「もっともだ。おれだってそうだ。だがな」

忍谷は大きく息を継いでから続けた。

「廣田父子や飯嶋らには腹を切らせた。神尾家は大幅な減封で当主は上州での永蟄居となった。鉄之助もそれで、許してくれるのではないか」

「はあ」

そう答えるしかなかった。

「峰崎屋のことは、聞きましたか」

勘五郎と満之助が死罪になるのは見えていた。

「主人と番頭がこの世にはいないことになった。店は公儀に召し上げられる、闕所《けっしょ》となるだろう」

「棟梁の蔵八らはどうなりますか」

「手鎖程度で済むのではないか」

材木の売り惜しみがあった中でのことだ。情状酌量ということか。忍谷と凜之助が、牢屋同心へ異動することもなくなった。

その日屋敷に帰った凜之助は、忍谷とした話を松之助に伝えた。

松之助は鳥籠造りの手を止めないで話を聞いた。新たな鳥籠造りにかかっていた。

前のは、よい値で売れたのだろうか。

近頃は、朋と文ゑのいざこざもない。朋と文ゑは、茶など飲んで楽しそうに話しているることがある。

「これでよいではないか。近頃は、前よりも落ち着いて鳥籠造りにかかれるようになったぞ」

「さようで」

朋の容態もだいぶよくなった。凜之助は仏壇の前に座って、鉄之助の位牌に両手を合わせ、今日耳にしたことを伝えた。

七

六月も半ばを過ぎた。猛暑の中だが、体調が回復した朋が床上げをおこなった。

「よくなったとはいっても、油断はなりませぬ。猛暑ですからね」

「なになに、これしきのこと」

凜之助の言葉に、朋が返した。以前の気丈さが戻っていた。

書の稽古と裁縫の稽古も再開された。若い新造や娘たちが朝比奈家に集まってくる。

屋敷内が明るくなった。

凜之助は三雪と顔を合わせた。

「たいそう世話になった」

まずは礼を言った。朋の快癒には、三雪の力が大きい。

「いえいえ、文ゑさまあってのことでございます」

廣田父子や飯嶋らを捕縛するのには、網原善八郎の働きも大きかった。小石川養生所で、為吉を生きていることにできた。

死んでいると知られたら、こちらは手も足も出なかった。

翌朝、町奉行所へ出かける前に、朋のもとへ挨拶に行った。

「三雪どのには、世話になった。あれはよい娘ごです」

「まことに」

その通りだと思うから、凜之助は大きく頷いた。

「どうです。あの娘をそなたの嫁ごに」

「ええっ」

朋の言葉には、魂消た。前には文ゑに張り合うように口にしていたが、しばらくは、それがなかった。文ゑはどう思っているのか、尋ねたかったがそれはできない。おそらく打ち合わせた上でのことではないだろう。

朋は文ゑのことには、まったく触れなかった。


その日の帰り、八丁堀の道筋でお麓と出会った。

「朋さまのご快癒、何よりでございました」

明るい笑顔と共に告げられた。お麓に声をかけられると、明るい気持ちになる。

「まことに。一時はどうなるかと思った」

「鉄之助さまの敵討《かたきう》ちもできましたね」

これについては、これまで口にすることはなかった。朝比奈家では、触れてはいけないこととして頭にあったのだと思った。

家の者ではなくても、鉄之助が不審死を遂げたことは、長く通っていれば気づいたことだろう。

「まあ、一息ついたぞ」

朝比奈家にあった、重い空気が晴れたような気持ちだ。

「凜之助さまのご活躍は、素晴らしかったそうで」

お麓は凜之助の活躍について、文ゑから聞いたとか。

「いやあ」

「お師匠さまも、ほっとなされたようで」

文ゑの胸の内を慮っての言葉だ。そして少し戸惑う様子を見せてから、お麓は続けた。恥ずかし気な様子もあった。

「おかしなことを、おっしゃいました」

「何であろう」

「私に、凜之助さまと祝言を挙げぬかと」

「それは」

仰天した。思いがけない言葉だ。今朝がた、朋に挨拶をしたとき、朋から三雪との祝言を薦められたばかりだ。

「ううむ」

朋と文ゑが、前のように別の娘との祝言を薦めてくる。

「二人の仲は、良好になったのではなかったか」

疑わしい気持ちになった。

「済まぬな。そのような話を聞かせて」

凛之助は、お麓に謝った。

「いえいえ、どうぞお気になさらず」

お麓は行ってしまった。

「ふうむ」

ため息が出た。朋と文ゑの間は、元に戻ってしまったらしい。知らぬ間に、何かが起こっていたのか。

それを尋ねる勇気はない。

「二羽の牝鶏は、一つの家に住めないのか」

呟きが漏れた。

凛之助は、朝比奈家の木戸門を潜って敷地に入った。玄関から入りにくくて庭に廻ると、縁側で松之助が鳥籠造りに精を出していた。

この作品は「文春文庫」のために書き下ろされたものです。

DTP制作　エヴリ・シンク

文春文庫

朝比奈《あさひな》凜之助《りんのすけ》捕物暦《とりものごよみ》
死人《しにん》の口《くち》

定価はカバーに表示してあります

2023年11月10日　第1刷

著　者　千野隆司《ちのたかし》
発行者　大沼貴之
発行所　株式会社 文藝春秋

東京都千代田区紀尾井町 3-23　〒102-8008
TEL　03・3265・1211㈹
文藝春秋ホームページ　http://www.bunshun.co.jp

落丁、乱丁本は、お手数ですが小社製作部宛お送り下さい。送料小社負担でお取替致します。

印刷製本・TOPPAN
Printed in Japan
ISBN978-4-16-792127-9